ENTFÜHRT IN DEN HAREM DES SCHEICHS

DIE SCHEICHS VON HAVILAH
BUCH FÜNF

DIANA FRASER

Entführt in den Harem des Scheichs

von Diana Fraser

© 2024 Diana Fraser
https://dianafraser.com

Ein mächtiger Scheich, eine feministische Akademikerin und ein Harem ...

Die Scheichs von Havilah
Das geheime Baby des Scheichs
Gekauft vom Scheich
Die verbotene Liebhaberin des Scheichs
Hingabe an den Scheich
Entführt in den Harem des Scheichs

Ashley Maitland strich mit der Hand über den Entwurf ihres Manuskripts und reichte ihn Xander, der den Titel las und in schallendes Gelächter ausbrach. Sofort gab er es ihr zurück. Sie riss es ihm aus der Hand.

„Was?"

„Diesen Titel." Er zog das Manuskript zurück, um den Titel noch einmal zu lesen. „Frauen im Harem: Eroberte Konkubinen oder häusliche Göttinnen? Das ist doch reißerisch, oder? Ich dachte, ihr Akademiker würdet etwas Trockeneres bevorzugen."

„Ich hatte etwas ‚Trockeneres' gewählt, aber mein Abteilungsleiter meinte, ich bräuchte etwas ..." Sie zögerte und versuchte, eine Beschreibung zu finden, die ihre Arbeit nicht abwertete. Sie gab auf.

„Schlüpfrig?", schlug Xander vor.

Ashley zuckte mit den Schultern und lehnte ab. Sie nahm ihm das Manuskript aus der Hand. „Mein Professor hat gesagt, ich brauche einen sexy Titel, wenn ich es veröffentlichen will."

„Ich dachte, das würde gegen deine feministischen Prinzipien verstoßen", sagte er mit einem schiefen Lächeln.

„Da hättest du recht gehabt." Sie steckte das Buch in ihren abgewetzten Rucksack. „Aber ich muss an meine Zukunft denken."

„Ach, natürlich, du glaubst immer noch, dass dein College Chancengleichheit bietet. Ich sage dir, Ashley, die Chancen sind für das männliche Geschlecht gleicher."

„Da liegst du falsch!" Er musste falsch liegen. Eine gute Karriere mit einer Festanstellung, die in einer Professur gipfelte, war alles, wovon sie und ihre Mutter je geträumt hatten. „Ich muss nur dieses Buch fertig schreiben und veröffentlichen, dann bin ich auf dem richtigen Weg."

„Auf dem Weg wohin? Das ist die Frage bei so einer sexy Dissertation. Du wirst alle Professoren haben wollen, aber aus den falschen Gründen!"

„Das hoffe ich nicht. Ich will keinen Mann."

Er beugte sich vor und küsste sie auf die Wange, und sie lächelte.

„Jedenfalls nicht, wenn ich dich nicht haben kann." Nachdem er Elaheh geheiratet hatte, gestand Xander, dass er, bevor er sich in sie verliebt hatte, gehofft hatte, Ashley würde ihn heiraten. Sie hatte seit Jahren nicht mehr so laut und so lange gelacht. Es war zu einem ständigen Witz zwischen ihnen geworden.

Obwohl sie wusste, wie gut er aussah und wie charmant er war, hatte es zwischen ihnen nie gefunkt. Jedenfalls nicht so wie die lodernde Flamme, die jedes Mal zwischen Xander und Ela aufloderte, wenn sie sich ansahen. Ashley blickte zu Xander und Ela hinüber, die eigentlich mit ihrer Assistentin auf der anderen Seite des Raumes arbeiten sollte. Sie zogen sich gegenseitig mit ihren Blicken aus. Ashley schaute weg. Sie wollte nichts davon. Nichts, was sie von ihrer zukünftigen Karriere ablenken könnte. Das war es, wofür ihre Mutter so hart gearbeitet hatte - ein Leben voller Respekt, Anerkennung und Erfolg, das nicht von Männern diktiert wurde.

„Xander." Sie stand auf. „Ich gehe jetzt und nehme mein glitschiges Manuskript mit."

Er riss den Blick von Ela los und wandte sich ihr zu. „Gut." Er umarmte sie. „Viel Glück bei deinen Recherchen." Er zog die Augenbrauen hoch und lachte.

„Ich weiß nicht, worüber du lachst", sagte Ashley und verschränkte die Arme vor ihrer üppigen Brust. „*Du* magst vielleicht keinen Harem haben, aber ich wette, deine Vorfahren hatten einen!" Sie warf einen Blick auf Elaheh, die bereits sichtlich schwanger war. „Obwohl", sagte sie leise, „ich kann mir vorstellen, dass Elaheh mehr als eine Ehefrau zu sein scheint."

„Das habe ich gehört", sagte Xander. „Und ja, du hast wahrscheinlich recht. Aber es ist nur gut, wenn es jemand wie Ela ist." Sein Blick wanderte zu seiner Frau, und ihre Blicke trafen sich für einen Moment, während sich Stille ausbreitete.

„Oh mein Gott", sagte Ashley und ging zur Tür. „Ich bin froh, von diesem ganzen Liebeskram wegzukommen. Es war nett von Elaheh, mich mit dem König von Irem bekannt zu machen. Das könnte genau das sein, was ich brauche, um dem Buch den letzten Schliff zu geben."

Xanders Aufmerksamkeit kehrte widerwillig zu

Ashley zurück. „Offenbar zieht er es vor, Scheich Zyir genannt zu werden."

„Nur Scheich Zyir? Das überrascht mich."

„Oh, diese beiden Worte sind sehr prestigeträchtig. Sein Land ist nicht wie meins, nicht einmal wie Elas. Es wird wie eine Zeitreise in eine mittelalterliche Welt sein."

Ein Schauer lief ihr über den Rücken. Sie richtete sich auf und weigerte sich, sich von Xanders Worten einschüchtern zu lassen. „Ich hoffe, dieses mittelalterliche Land hat Benzin für mein Motorrad."

„Oh, es hat jede Menge Benzin und Öl und Reichtümer und ..." Er verstummte und wirkte einen Moment lang unentschlossen. Das passte nicht zu ihm.

„Sowie was?"

Er zuckte mit den Schultern. „Sei einfach vorsichtig, Ashley."

„Warum?", fragte sie, öffnete die Tür und trat in den Flur, wo ein Luftzug von den offenen Fenstern hereinwehte. „Glaubst du, ich kann nicht auf mich selbst aufpassen?"

„Ich weiß, dass du das kannst."

„Außerdem ist es nur für eine Woche - mehr hat er mir nicht erlaubt. Ich bin der Gast des Königs - ich meine, des Scheichs - und nur für kurze Zeit dort. Was kann da schon schiefgehen?" Noch während sie die Worte aussprach, spürte sie, wie sich ein flaues Gefühl in ihrem Magen ausbreitete, das ihr vages Unbehagen noch verstärkte. Ihre Worte waren reine Prahlerei, denn sie wusste aus Erfahrung, dass in einem Augenblick alles schiefgehen konnte, von einer Woche ganz zu schweigen.

„Aber Zyir ist nicht wie der Rest von uns. Er ist ..."

In diesem Moment wehte ein kühler Luftzug von den

offenen Fenstern auf der anderen Seite des Raumes herein, und die Tür glitt ihr aus der Hand und knallte zu.

Für einen Moment überlegte Ashley, in das Zimmer zurückzukehren und Xander zu fragen, was er von dem Mann hielt, den sie besuchen wollte. Aber dann erinnerte sie sich an den knisternden Blick, den Xander mit Ela getauscht hatte, und ging weiter. Wenn dieser Scheich nicht wie die anderen war, umso besser.

KAPITEL 1

„*D*r. Maitland ist ins Land eingereist, Eure Hoheit. Die Passkontrolle bestätigt es."

Die Minister, die um den Tisch saßen, blickten überrascht zu ihrem König auf. Normalerweise verbot er Unterbrechungen und führte ihre Sitzungen mit eiserner Hand.

Sheikh Zyir von Irem verstand ihre Überraschung, wusste aber, dass sie noch erstaunter sein würden über die Richtung, in die er sein Land zu führen gedachte. Und dieser Frau das Privileg des Zugangs zu Irem zu gewähren, war ein strategischer Schritt in diese Richtung.

„Bringt sie zu mir, sobald sie ankommt."

Er beendete die Sitzung mit einer autokratischen Handbewegung und ging zum vergitterten Fenster, das den Blick auf den Eingang des Palastes und den staubigen, baum- und pflanzenlosen Innenhof freigab. Sein Vater hatte den Gebrauch von Wasser zu Schmuckzwecken als verschwenderisch erklärt. Es zeigte seine Macht und lange Regierungszeit. Ebenso bezeichnend für den

Charakter seines Vaters waren die privaten Gärten, die die Öffentlichkeit nicht sah und in denen es keinen Wassermangel gab. Sein Vater hatte im Geheimen Luxus und Ausschweifung genossen und in der Öffentlichkeit Strenge gezeigt. Zyir war entschlossen, all das zu ändern, aber er wusste, dass sein Volk keine radikalen Veränderungen akzeptieren würde. Sie mochten Kontinuität, sie mochten Tradition. Also würden seine Änderungen langsam kommen, so langsam, dass sie es hoffentlich kaum bemerken würden.

Und bei den langsamen Veränderungen kam Dr. Ashley Maitland ins Spiel. Seine Zusage, dass sie zu Besuch kommen durfte, war kein Versehen seinerseits. Nein, er beabsichtigte, ihre Forschung über die Gebäude und die alte Architektur dieser Stadt zu nutzen, um der Welt zu zeigen, dass unter seiner Herrschaft eine neue Ära für sein Land begann.

Eine neue Ära für sein Land, aber nicht für ihn. Er brauchte nichts anderes als ein Leben in Tradition. Er hatte seine Kinder, er hatte keine treulose Frau mehr, und er hatte sein Land. Es war einfach, unkompliziert und genau so, wie er es mochte. Alles in seinem Leben war sorgfältig kontrolliert. Alles, was er tun musste, war sicherzustellen, dass dieser Neuankömmling, dieser Fremde in seinem Land, ihre Rolle verstand und sich entsprechend verhielt. Das sollte sich nicht als schwierig erweisen.

Ashley dankte den beiden Wachen, die den kleinen Grenzübergang hoch im Gebirgspass besetzten. Sie steckte ihren Pass zurück in ihren Rucksack und schnallte ihn mit einem letzten Nicken zu den Wachen auf ihrem Rücken fest, die ihre Augen nicht von ihr abwenden zu können schienen. Hatten sie noch nie eine große europäische Frau in einer vollständigen Burka auf einem Motorrad gesehen?

Sie grinste in sich hinein. Sie kannte die Antwort. Aber sie wusste auch, dass es einige Zeit dauern würde, sich daran zu gewöhnen, angestarrt zu werden. In England starrte niemand eine große Frau an, die ihre üppigen Kurven unter weiter Kleidung verbarg. Und so gefiel es ihr. Sie wusste, wenn sie ihre Deckung aufgäbe, würde sie in Schwierigkeiten geraten. Genau wie früher.

Ashley ließ das Motorrad den schmalen Pass hinaufbrausen und bog von der Schotterstraße ab, die sich an der Felswand entlang nach unten in die Ebene schlängelte. Zuerst dachte sie, sie würde Dinge sehen. Dann nahm sie ihre Sonnenbrille ab und keuchte.

Sie hatte Bilder von Irem gesehen – einem Juwel einer Stadt inmitten einer riesigen Ausdehnung steiniger Wüstenebenen. Aber es gab nichts Trockenes an der Szene vor ihr. Frisches, hellgrünes Gras und Wildblumen in allen Farbtönen bedeckten das normalerweise trockene Wadi, das zur Stadt führte. Sie rieb sich die Augen. Aber die Farben waren immer noch da – ein Meer von Grün, durchsetzt mit Karmesinrot, Gelb, Magenta, Blau – jede Farbe unter der unerbittlichen Sonne. Dann erinnerte sie sich an die ungewöhnlichen Wettermuster, die sie gehabt hatten – unzeitgemäße und anhaltende Regenfälle, die vom Meer hereingeweht waren und über dieses normalerweise trockene Land. Es musste in diese Richtung gefegt sein und der Wüste wieder Leben eingehaucht haben, wodurch die trockenen Ebenen in ein Land voller Farben und Überfluss verwandelt wurden, genau wie vor Jahrhunderten.

Ihre Augen folgten dem Fluss der Blumen entlang des Flussbettes bis zum fernen schimmernden Licht und der unebenen Silhouette, die ihr Ziel anzeigte – die geheimnisvolle Zitadelle von Irem. Sie hob den Ständer vom steinigen Boden, drückte den Gashebel und begann den Abstieg in die blumenübersäte Wüste unter ihr. Es schien, als könnte ihre Reise einige Überraschungen für sie bereithalten. Solange es Überraschungen wie diese waren, würde es ihr gut gehen.

Eine halbe Stunde später erreichte sie die Lehmziegelmauern, die die Stadt umgaben. Die Mauern ragten hoch in den blauen Himmel, ihr Winkel eher schräg als vertikal. In Jahrhunderten hatte sich wenig verändert, das wusste sie, aber das war auch alles, was sie wusste. Der Ort war in Geheimnisse gehüllt. Gerüchte und Legenden waren in Ermangelung tatsächlichen Wissens entstanden. Nur wenigen Menschen war der Zugang zu dem Land gewährt worden, und es war nur wegen Elahehs alter Verbindungen zu Irem, dass sie Ashley ein Einreisevisum hatte beschaffen können. Das Geheimnis um Irem erstreckte sich auch auf den regierenden Sheikh und seine Familie. Selbst Elaheh konnte nicht viel Licht ins Dunkel bringen.

Abgesehen davon, dass die Frau des Sheiks vor einigen Jahren gestorben war, dass er seinem Vater auf den Thron gefolgt war und dass er zwei Kinder hatte – obwohl auch über sie nichts bekannt war – waren nur wenige andere Fakten bekannt. Es gab keine Bilder im Internet, keine aktuellen Bücher über das Land oder seine regierende Dynastie. Sie hatte ein stereotypes Bild von ihm im Kopf – mittleren Alters, mit einer entfernten Ähnlichkeit zu einem Eremiten – grauender langer Bart, faltiges Gesicht.

Solange der Eremit überredet werden konnte, alles preiszugeben, was sie über Harems wissen musste, war es ihr egal, wie er aussah.

Ashley war selten nervös, aber sie spürte ein ungewohntes Zittern, als die Wachen die Tore zur Zitadelle öffneten und sie langsam hineinfuhr. Sie sah sich um und nahm die antike Architektur in sich auf, über die sie bisher nur in Büchern gelesen hatte. Am liebsten hätte sie ihre Zeit hier damit verbracht, nur dies zu studieren – schließlich war es bisher ihr Hauptforschungsinteresse gewesen – aber sie wusste, dass sie sich auf ihre Zukunft konzentrieren musste, was ihr anderes Forschungsinteresse bedeutete. Harems. Sie brauchte den Buchvertrag, um ihre akademische Festanstellung zu bekommen, den Traum von ihr und ihrer Mutter. Ihre Mutter mochte zwar nicht mehr da sein, aber ihr Traum lebte weiter.

Während sie langsam durch die Fußgänger fuhr, die innehielten, sich zu ihr umdrehten und staunten, wurde ihr klar, dass diese Welt, in die sie eingetreten war, sehr, sehr anders war. Es war eine Welt mit wenigen Autos und noch weniger Motorrädern. Es war eine abgeschlossene Welt, windstill und ruhig – mit engen Gassen und Gebäuden, die in der gleichen sanften Lehmfarbe wie die sie umgebende Wüste emporragten.

Sie wusste, wohin sie musste. Es gab keinen Zweifel daran. Über der Stadt erhob sich der alte Palast von Irem – befehlend und dominierend – Heimat des absoluten Herrschers dieses geheimnisvollen und einzigartigen Landes.

Anscheinend wurde sie erwartet, und die Tore öffneten sich, als sie sich näherte. Sie fuhr in den Innenhof, der im Zentrum des Palastes lag. Sie parkte, wo es ihr gezeigt wurde, und richtete ihren Schal und ihre Abaya.

„Hier entlang, Madam", sagte ein beduinischer Bediensteter und verbeugte sich.

„Danke."

Sie schwang ihren Rucksack über die Schulter und folgte ihm über den Hof.

Plötzlich spürte sie, wie sich die feinen Härchen in ihrem Nacken aufstellten, und blickte nach links oben. Jemand bewegte sich hinter den vergitterten Fenstern. Dann waren sie verschwunden. Sie zuckte mit den Schultern. Sie vermutete, dass sie sich daran gewöhnen musste, beobachtet zu werden - sie war hier eine absolute Fremde in einem sehr fremden Land.

Ashley folgte dem Bediensteten einen kreuzgangartigen Korridor entlang, der an eine mittelalterliche Kathedrale erinnerte, mit seinem steinernen Fliesenboden und Bögen, deren Stein zu Verzierungen geschnitzt war, die im Laufe der Jahre durch Wetter und Berührung verblasst waren. Der Boden, auf dem sie ging, war in der Mitte eingesunken, wo die Füße der Menschen den hellen Stein über Jahrtausende abgenutzt hatten.

Trotz seines antiken Ursprungs bot sein Design willkommene Erleichterung von der sengenden Wüste. Tatsächlich schien die ganze Stadt halb unterirdisch und dadurch kühler zu sein. So muss es für viele der alten Zivilisationen gewesen sein, von denen dies einer der wenigen Überreste war. Das machte es einzigartig. Aber sie hatte jetzt keine Gelegenheit, es sich anzusehen. Sie hatte ein Treffen mit dem Beamten, mit dem sie ihre Buchungen abgeschlossen hatte – Scheich Riyz. Sobald sie sich mit ihm getroffen hatte, war ihr eine Audienz beim König versprochen worden.

Der Bedienstete öffnete die Tür, verbeugte sich und trat beiseite, damit sie eintreten konnte. Sie betrat den kargen Empfangsraum, kurzzeitig geblendet vom plötzlichen Glitzern des Lichts auf Gold, von Sonnenschein auf Topas. Dann drehte sie sich um und sah einen großen, Furcht einflößend aussehenden Mann, der sie anstarrte. Er schien um die dreißig Jahre alt zu sein und trug schlichte Gewänder ohne jeglichen Schmuck, nichts, was darauf hindeutete, dass er von Bedeutung war. Elaheh, die den jetzigen König nie getroffen hatte, nur seinen Vater, hatte ihr gesagt, sie solle nichts so Zwangloses wie in ihrem und Xanders eigenen Land erwarten. Und da Ashley nichts an ihnen als zwanglos empfand, hatte ihre Vorstellungskraft versagt, wie viel formeller Irem sein würde. Zumindest schien sein Verwaltungspersonal nicht auf Förmlichkeiten zu bestehen.

Ashley ging auf ihn zu und streckte ihre Hand aus. Seine Augen hatten sich nicht von ihr abgewandt.

„Sie müssen Scheich Ryiz sein", sagte sie und zwang sich zu einem Lächeln, um ihre Nervosität zu verbergen. Sein ausdrucksloses Gesicht bewegte sich kein bisschen. Es hätte aus Stein gehauen sein können. „Es freut mich, Sie kennenzulernen."

Der Mann nahm ihre Hand an, und sie verschwand in seiner. *„As-salamu Alaykum*, Dr. Maitland. Willkommen in meinem Land."

„Wa Alaykum as-salam." Ashley erwiderte die traditionellen Begrüßungsworte. „Danke, es ist schön, hier zu sein. Ich bin sehr *aufgeregt*, hier zu sein", fügte sie hinzu und dachte, dass etwas Schmeichelei ihr vielleicht helfen

könnte. „Ich habe so verlockende Geschichten über Ihr Land gehört."

Er gab ein leises Grunzen von sich, während sich seine Augen verengten. „Ich hoffe, Sie hatten eine angenehme Reise."

„Es war erstaunlich. Ich hatte nicht erwartet, so weite Blumenfelder zu sehen."

„Ah, die Ergebnisse der starken Regenfälle, die wir hatten."

„Es hat die Wüste zum Leben erweckt."

„In der Tat. Aber es wird auch Heuschrecken mit sich bringen – die Geißel des Überflusses."

Scheich Ryiz mochte per E-Mail zugänglich gewesen sein, aber er war sicher ein Pessimist. Er sah auch ziemlich Furcht einflößend aus. Ganz anders, als sie sich vorgestellt hatte. Sie wollte sich umsehen, mehr Details dieses beeindruckenden, aber kargen Raumes in sich aufnehmen, aber sie konnte ihre Augen nicht von ihm abwenden.

Er deutete auf einen Torbogen, durch den sie einen Innenhof sehen konnte. Aber sobald sie ihm nach draußen folgte, dachte sie, dass man es kaum einen Innenhof nennen konnte, weil es zu luxuriös eingerichtet war. Ein niedriger, mit Kissen ausgestatteter Sitzbereich, geschmückt mit juwelenartigen Teppichen und Kissen, umgab einen kleinen Teich mit einem plätschernden Wasserlauf. Es war eine wunderschöne Oase.

„Bitte, nehmen Sie Platz. Ich bin sicher, Sie möchten nach Ihrer Reise etwas zur Erfrischung."

Sie war kurz davor anzunehmen, weil sie sowohl durstig als auch hungrig war, erinnerte sich aber an ihre

Manieren. „Nein, danke, ich möchte Ihnen keine Umstände machen."

Er lächelte, als ob er verstanden hätte, was sie tat, nickte aber anerkennend. „Ich versichere Ihnen, es ist keine Umstände. Es wäre uns eine Ehre, Ihnen unsere Gastfreundschaft zu erweisen."

Das zweite höfliche Angebot konnte sie nicht ablehnen. „Vielen Dank, das wäre sehr nett. Es war eine lange Fahrt."

Als sie den angebotenen Platz einnahm, öffneten sich die Türen wie auf ein verborgenes Kommando, und zwei Männer betraten den Raum. Sie trugen eine charakteristische Dallah mit sichelförmigem Kopf, zwei kleine Tassen und einen Teller mit Datteln. Sie arrangierten die Datteln und den Kaffee mit frisch gemahlenem Kardamom auf dem Tisch.

Ashley machte es sich bequem, was nicht schwer war. Der Ort war auf Komfort ausgelegt, darauf, zu verführen. Das Wort schoss ihr ungebeten in den Kopf, und sie warf einen verstohlenen Blick auf den Scheich, dessen Blick sie nicht verlassen hatte. Sie zermarterte sich das Gehirn, um etwas zu sagen.

„Das Klima ist hier in der Stadt sehr angenehm. Ich dachte, es würde viel heißer sein." Sie blickte auf den kunstvollen Luftschacht, der jede Brise, die hoch über den Wüstenhimmel wehte, in den Innenhof leitete. Zusammen mit den halbtransparenten Schatten, die über ihnen gespannt waren und das Sonnenlicht filterten, kühlten sie die Temperatur. „Ich habe über die Windtürme hier gelesen, aber ich habe noch nie einen erlebt."

„Natürlich. Mein Land war zu lange für Besucher geschlossen."

Sie hob interessiert die Augen. „Ihr König beabsichtigt, Änderungen vorzunehmen?"

„Ja."

Sie wartete darauf, dass er mehr sagte. Tat er aber nicht. Stattdessen nickte er einer Frau zu, die an der Tür wartete. Die Frau kniete sich vor ihnen nieder und goss eine kleine Menge Kaffee in jede Tasse. Sie zog sich wieder zurück, den Blick gesenkt, als wäre sie im Gebet. Eine solche Unterwürfigkeit machte Ashley unbehaglich.

Sie blickte zu Scheich Riyz auf und bemerkte, dass er sie unverwandt anstarrte. Das machte sie noch unbehaglicher. Sie hatte gedacht, er würde sie zum König bringen, aber es sah so aus, als hätte er die Aufgabe, sie zuerst zu überprüfen. Sie musste sicherstellen, dass sie den Test bestand, was auch immer er war. Sie brauchte die Zustimmung dieses Mannes, bevor sie zur nächsten Stufe übergehen konnte.

„Sie wirken unbehaglich, Dr. Maitland."

Sie schaute weg, verlegen und überrascht, dass er so leicht ihre Gedanken lesen konnte. Sie nahm einen Schluck des heißen Kaffees, der hier *gahwa* genannt wurde, und stellte ihn wieder ab. Sie zuckte mit den Schultern und blickte zu ihm auf. „Es ist ein neues Land, neue Sitten. Es wird eine Weile dauern, sich daran zu gewöhnen."

Er runzelte die Stirn. „Ich dachte, Sie wären eine Expertin für unsere Sitten. Ist dem nicht so?"

„Nun, in gewisser Weise bin ich das. Ich meine, ich *kenne* sie, ich habe sie studiert, aber hier zu sein und sie aus erster Hand zu erleben, ist etwas ganz anderes."

Er nickte. „Ja, man kann etwas nie wirklich kennen, wenn man es nicht selbst erlebt hat. Da stimme ich zu."

Er hatte eine tiefe Stimme, leise autoritär, und Ashley konnte verstehen, warum der König ihn als seinen Berater gewählt haben mochte. Seine Augen spiegelten diese Autorität wider – durchdringend und unlesbar. Er hielt ihren Blick für einige Momente, und sie dachte, dass es sich so anfühlen müsste, wenn ihr Gehirn von einem Computer gescannt würde. Nur dass dieser Mann kein Computer war. Er hielt den Schlüssel zu ihrer Zukunft in der Hand, und wenn sie sich vorher unwohl gefühlt hatte, spürte sie jetzt etwas anderes – sie fühlte sich ausgesprochen weiblich. Seine Augen schienen von der Untersuchung zu einer Wertschätzung überzugehen, die sich in seinem wärmenden Blick und einem Zucken seiner Lippen zeigte, als sich ein Anflug eines Lächelns auf ihnen niederließ. Sie schnurrte beinahe unter diesem liebkosenden Blick. Vielleicht wäre ein kurzer Flirt mit dem Berater des Königs nicht verkehrt.

„Sagen Sie mir", sagte er und lehnte sich vor, sein Körper nun sowohl den Blick seiner Augen als auch den samtenen Klang seiner Stimme widerspiegelnd, „was wollen Sie, Dr. Ashley Maitland?"

Seine Worte brachten sie unsanft auf den Boden der Tatsachen zurück. Eine Röte überzog ihre blassen Wangen, und sie sah sich um, auf der Suche nach einem Ausweg. Er mochte sie mit seinen Augen und seiner Stimme verführen, aber er misstraute ihrer Absicht. Warum stellte er diese Frage erst jetzt? Atme, Ashley, sagte sie sich. Bleib ruhig. Er testet dich nur. Sie zwang sich zu einem Lächeln aus dem Nichts.

„Was ich will? Ich möchte den König sehen, Sir. Ich bitte um seine Erlaubnis, Forschungen in Irem durchzuführen."

Er lehnte sich zurück und betrachtete sie. „Und diese Forschung von Ihnen…"

Er zögerte, und die Nervosität ließ sie einspringen. „Sie handelt von-"

Er hob die Hand; das reichte aus, um sie mitten im Satz verstummen zu lassen.

„Ich weiß, worum es bei Ihrer Forschung geht, Dr. Maitland. Was ich nicht weiß, ist, was Sie damit vorhaben."

Sie verengte die Augen und versuchte herauszufinden, was er wissen wollte. Was auch immer es war, sie würde es ihm geben. Sie war verzweifelt. Sie war nicht den ganzen Weg hierher gekommen, um mit leeren Händen zurückzukehren. Ihre gesamte Karriere hing davon ab. „Vorhaben?"

„Ich möchte wissen, was für mein Land dabei herausspringt, Dr. Maitland. Es ist schön und gut, Ihnen Zugang zu privilegierten Informationen zu gewähren und Ihnen Ressourcen zur Verfügung zu stellen, aber wir müssen wissen, wie dies Irem zugutekommen wird."

„Oh!" Sie nickte und überlegte, wie sie ihre Forschung umgestalten könnte, um diese neue Anforderung zu erfüllen. Dieser Mann, und daher vermutlich auch der König, hatte kein Interesse an Forschung um der Forschung willen. Sie kannten ihre Gebäude und ihre Welt. Für sie war ihre Forschung aus einem ganz anderen Grund von Interesse. Aber welchem? „Ich habe nicht die Absicht, irgendetwas zu tun, was Irem schaden könnte." Sie zögerte. Sie hatte keine Ahnung, ob er wollte, dass sie die Forschung für sich behielten oder sie weit verbreiteten. Aber sie musste ehrlich sein, denn sobald sie dieses Land verließ, würde sie ihre Arbeit von den Dächern schreien.

Sie holte tief Luft. Er war aufmerksam, geduldig und wartete darauf, dass sie sprach.

„Ich beabsichtige, sie zu veröffentlichen", sagte sie, und die Worte sprudelten heraus. „Ein internationaler Verlag hat Interesse gezeigt, das Buch zu veröffentlichen, da sie glauben, dass es eine breite Anziehungskraft haben wird. Und ich werde das Buch für diesen Markt schreiben – nicht als akademischen Text." Sie hielt den Atem an und hoffte, dass sie nicht umgedreht und aus dem Land geworfen würde. „Es wird eine breite Leserschaft ansprechen", fügte sie zur Klarstellung hinzu.

Er gab ein leises Grunzen von sich und hob zum ersten Mal seinen Blick von ihrem und nickte. „Das ist zufriedenstellend."

Erleichterung fiel von ihr ab wie eine Last. „Gut", lächelte sie. „Ah, das ist eine Erleichterung. Und glauben Sie mir, ich weiß, dass es ein breites internationales Interesse an dem Thema gibt."

Zum ersten Mal wirkte Scheich Ryiz überrascht. „Ist das korrekt?"

„Ja, in der Tat."

„Gut. Dann sollten wir vielleicht mit einer kurzen Besichtigung der Stadt beginnen, Dr. Maitland."

„Ja, das wäre wunderbar, danke."

Er erhob sich mit der Leichtigkeit von jemandem, der es gewohnt war, im Schneidersitz zu sitzen, während Ashley ihr Bestes gab, um anmutig aufzustehen. Sie war froh über ihr frühes Balletttraining – das sie aufgegeben hatte, als die Lehrerin ihr mit dreizehn das Leben für immer ruiniert hatte, indem sie ihr unverblümt sagte, dass jemand mit ihrer Größe und ihren Kurven niemals eine Ballerina werden würde. Also wusste Ashley, obwohl sie keine schlanke Elfe war, immer noch, wie man sich anmutig bewegte.

Während Scheich Riyz ein paar Worte mit der Frau wechselte, die sich, wie Ashley fand, mit unnötiger Demut verbeugte, wandte sie sich ab, da sie nicht mit ansehen wollte, wie eine Frau sich so erniedrigte. Als sie das tat, erblickte sie ein paar Puppen, die an der Unterseite eines Schmetterlingsbaums hingen.

Sie strich über das Blatt, an dem eine hing. Sie drehte sich plötzlich um, als ein sechster Sinn sie auf seinen Blick aufmerksam machte.

„Die *khof al gamal* Blüten sind dieses Jahr außergewöhnlich."

„Genauso wie die Schmetterlinge", sagte sie. „Es gibt viele Puppen an dieser Pflanze. Ich weiß nichts über Heuschrecken, aber es sieht so aus, als würde der Regen auch die Schmetterlinge glücklich machen. Und das muss eine gute Sache sein."

„Glückliche Schmetterlinge", wiederholte er und blieb ein paar Schritte von ihr entfernt stehen. Er drehte sich zu ihr um. „Ich muss sagen, dass ich noch nie darüber nachgedacht habe, ob ein Schmetterling glücklich ist. Er geht einfach seinen Geschäften nach."

Sie zuckte mit den Schultern und strich über die Länge der Puppe, bevor sie die Blätter beiseite schob, um noch mehr Ansammlungen zu enthüllen. „Vielleicht, aber wer sind wir, zu sagen, ob Schmetterlinge Gefühle haben? Außerdem schließen sich die beiden Dinge nicht aus." Sie schaute ihn an. „Ich meine Geschäfte und Glück."

Er hob eine Augenbraue, und in seinen dunklen Augen lag ein Humor, den sie zuvor nicht gesehen hatte. Aber er sprach nicht.

Sie weigerte sich, sich von einem finster dreinblickenden, schweigenden Mann einschüchtern zu lassen – ganz gleich, wie fesselnd er war. „Sicher möchte Ihr König wissen, dass Sie mit Ihrer Arbeit zufrieden sind?"

Er zuckte mit den Schultern. „Vielleicht sollten Sie ihn das fragen."

„Das würde ich, wenn ich ihn treffen könnte. Ich meine, ich verstehe, dass Sie mich für ihn überprüfen, aber ich hoffe, ich kann den König bald sehen." Er sprach immer noch nicht. „Ich meine, es ist nett von ihm, sich die Zeit zu nehmen, mich zu treffen, obwohl es hier mitten in der Wüste wohl nicht viele Ablenkungen gibt." Sie lächelte erneut in der Hoffnung auf eine positive Reaktion.

Der Humor in den Augen des Mannes verschwand.

„Sie wären überrascht, Dr. Maitland, wie beschäftigt der Herrscher eines Königreichs sein kann, selbst mitten in der Wüste."

Sie erkannte ihren Fehler. „Ja, da bin ich mir sicher." Sie ging neben ihm her. „Treffen wir jetzt den König?"

Er ging unbeirrt weiter.

„Sie haben ihn bereits getroffen, Dr. Maitland."

KAPITEL 2

Scheich Zyir winkte mit der Hand und deutete an, dass sie weitergehen sollten.

Er hätte ihre blasse, errötende Haut noch ein paar Minuten länger betrachten können, aber er ärgerte sich über sich selbst. Er hatte nicht beabsichtigt, sie zu täuschen. Er war es gewohnt, dass die Leute seine Identität kannten. Aber es hatte ihn nicht davon abgehalten, zu beschließen, es zu seinem Vorteil zu nutzen, als er merkte, dass sie nicht wusste, wer er war.

„Eure Majestät! Es tut mir so leid, ich dachte, Sie wären der Assistent des Königs."

„So scheint es."

Sie gingen ein paar Schritte weiter.

„Es tut mir so leid, Eure Majestät, aber Sie haben sich nicht vorgestellt, und Ihr Bild ist nicht weltweit bekannt. Und Ihr Name..." Sie verstummte, offensichtlich nicht bereit, ihn zu beschuldigen, sich mit einem anderen Namen vorgestellt zu haben. Sie hatte einen Punkt.

„Mein vollständiger Name ist Zyir Ali Solomon ibn

Mohammed von Irem. Manchmal finde ich es nützlich, inkognito zu kommunizieren, also benutze ich ein Anagramm meines ersten Namens."

Sie schwieg, während sie neben ihm herging, aber ihre Augen waren ausdrucksstark. Das war ihm sofort aufgefallen. Ihre Gedanken würden nie im Zweifel bleiben. Und im Moment versuchte sie, sich an alles zu erinnern, was sie zu Scheich Riyz gesagt hatte, ohne zu wissen, dass sie mit dem König gesprochen hatte. Er ließ ihr Zeit, diese Gedanken zu verarbeiten, weil es ihm Zeit gab, die Dinge zu überdenken, die ihn an ihr überrascht hatten.

Aus ihren E-Mails und ihrer Arbeit hatte er sich eine Meinung gebildet, die, wie er jetzt erkannte, weit von der Wahrheit entfernt war. Sie hatte wie die Quintessenz einer Akademikerin geklungen - bedacht, präzise in ihren Gedanken und Ausdrücken, pedantisch - kurz gesagt, trocken. Aber die Frau, die auf einem Motorrad in seine Zitadelle gerauscht war und ihm gegenübergesessen hatte - die Falten ihrer Gewänder, die sich um ihre üppigen Kurven schmiegten, während sie ungezwungen plauderte, ihre großen blauen Augen, die den Innenhof mit ihrer Helligkeit erleuchteten - war alles andere als trocken. Sie war lebhaft, sie war sexy, und sie war absolut bezaubernd. Und am interessantesten war, dass sie sich für ihn als äußerst nützlich erweisen könnte. Er beschloss, Mitleid mit ihr zu haben.

„Machen Sie sich keine Sorgen, Dr. Maitland, Sie haben nichts Unpassendes gesagt, nichts, was den Zorn des schrecklichen Königs von Irem erregen würde." Er unterdrückte ein Lächeln. Er kannte seinen Ruf, sowohl hier als auch im Ausland. Dank seines Vaters und ohne konkretere Anhaltspunkte hatten die Leute angenommen, dass er aufgrund seiner physischen Ähnlichkeit auch der Gleiche sei.

Sie warf ihm einen schnellen, unsicheren Blick zu. „Ah, gut."

Nach ein paar weiteren Schritten konnte er das Rascheln und Rascheln ihrer Gewänder an ihrem Körper wahrnehmen. Sie war nicht nur kurvenreich, sondern auch groß. Er mochte große Frauen. Und sie hatte nicht die Angewohnheit, den Kopf zu senken, was ein unerwünschtes Erbe der Herrschaft seiner Vorgänger war.

„Ich bin froh, dass ich nichts Falsches gesagt habe." Sie schluckte. Es war interessant, sie schlucken zu sehen - ihr Schal bedeckte nicht ihren Hals wie bei den einheimischen Frauen. Plötzlich verspürte er den Drang, ihren Hals zu kosten. „Nicht, dass ich etwas Falsches gesagt hätte. Ich meine, ich respektiere Ihr Land - ich studiere es und ähnliche Architekturen seit Jahren - und ich habe die größte Ehrfurcht davor."

Er blieb stehen. Sie musste aufhören, sich zu entschuldigen, es störte seine erotischen Tagträume.

„Dr. Maitland. Bitte, denken Sie nicht mehr daran. Das Problem ist, dass ich mich sowohl als Scheich Riyz als auch als König Zyir betrachte. Zwei Identitäten, eine Person."

Sie hob eine fein gezeichnete, dunkle Augenbraue. „Das muss... schwierig sein."

Er zuckte mit den Schultern, während sie durch den Palast gingen. „Für mich? Nein. Aber für andere Menschen? Vielleicht."

Es überraschte ihn, wie wohl er sich dabei fühlte, mit ihr zu sprechen. Trotz seines Mangels an Auslandsstudium hatte er den Vorteil eines weitgereisten Lehrers gehabt, und seine Welt war, wie Ashleys, eine, die er durch Bücher kennengelernt hatte.

Sie gingen schweigend, bis sie die Hintertür erreichten, durch die sie in einen Tunnel gelangten. Wachen öffneten eine Tür, die in ein kleines Gebäude führte. Sonnenlicht schien durch das Gitterwerk, und Sonnenschutzgitter filterten das Licht über den Innenhof. Er hielt dort inne.

„Vielleicht möchten Sie Ihren Hidschab anpassen, Dr. Maitland." Er musste seine Hand zu einer Faust ballen, um sich davon abzuhalten, ihn für sie anzupassen.

„Inwiefern?"

„Bedecken Sie Ihren Hals ein wenig mehr." Er beobachtete, wie sie seinem Vorschlag folgte. Er hoffte, diesen Hals bald wiederzusehen. „Sonst wird offensichtlich, dass Sie eine Fremde sind."

„Sie haben nicht viele Besucher?"

Er nickte den Wachen zu, die Tür zu öffnen.

„Sie sind seit langer Zeit der erste ausländische Besucher in meinem Land."

„Ich fühle mich geschmeichelt."

„Seien Sie es nicht."

Sie blickte auf, als wäre sie von seiner kurzen Antwort getroffen. „Wie bitte?"

„Fühlen Sie sich nicht geschmeichelt. Ich habe Ihnen aus einem bestimmten Grund Zugang gewährt."

Sie hielt auf der Vordertreppe inne, ihre großen Augen auf ihn gerichtet. Die Frage stand im Raum. Aber er hatte nicht vor, sie sofort zu befriedigen. Er brauchte zuerst Befriedigung. Bevor er ihr sagte, was er wollte, wollte er sicherstellen, dass sie die richtige Frau für den Job war.

Was zum Teufel hatte er damit gemeint? Aber Ashley

hatte keine Zeit, über die Worte des Königs nachzudenken, als sie das lange, schmale Gebäude verließen und direkt auf den Marktplatz traten, unbeobachtet. Sie mischten sich unter die Menschenmenge auf dem Markt, die alle möglichen Arten von Produkten zu kaufen und verkaufen schien. Der Platz war überdacht, wie so vieles in der Stadt, seine Adobe-Decke wurde von Dutzenden geschnitzter Säulen getragen, um die herum Marktstände errichtet worden waren, die eine verblüffende Auswahl an Lebensmitteln anboten. Trotz der Wüstenlage schien es kein Problem zu sein, eine große Auswahl an frischen Produkten zu bekommen. Sie hatte auch keine Zeit, darüber nachzudenken, als sie dem König über den Platz folgte, bis sie an der Moschee ankamen.

Und dann verließen alle Gedanken ihren Kopf. Sie starrte die Moschee an, die so viel mehr war, als sie aus Büchern gelernt hatte, so viel mehr, als sie auf den körnigen Schwarzweißfotos früher Entdecker gesehen hatte, so viel mehr, als sie sich vorgestellt hatte. Und sie hatte sich viel vorgestellt.

Das Gebäude erhob sich vor ihnen wie eine mächtige Erinnerung an eine einst machtvolle und wohlhabende Zivilisation. „Es ist wunderschön", hauchte sie, während ihre Augen versuchten, die exquisiten Details der Muster zu erfassen, von denen sie wusste, dass sie die Linie der Könige über Jahrtausende darstellten, und gleichzeitig den Gesamteindruck der Gebäudemacht aufzunehmen.

„Das ist es", sagte er, seine Stimme näher bei ihr, als sie vermutet hatte.

Sie wandte sich ihm zu. Mit seinen Augen, so dunkel wie Obsidian, und den starken Linien seines Kiefers und seiner Nase sah er aus wie die alten Fotos seines Vaters, die sie gesehen hatte, und sie fragte sich, warum sie die Verbindung nicht sofort hergestellt hatte.

Dann wanderte sein Blick zu ihren Lippen, und sie tat dasselbe. Das war der Grund, dachte sie. Seine Lippen. Der Mund seines Vaters hatte eine grimmige Linie gebildet – nie lächelnd auf Fotos. Aber das Erscheinungsbild dieses Mannes – obwohl abweisend – wurde durch seine Lippen gemildert, die weder fleischig noch dünn waren. Sie waren wunderschön. Sie blickte in seine Augen, als sie den Gedanken formte, und begegnete seinem Blick. Der Blick, den er ihr zuwarf, ließ ihr den Atem stocken, und sie wandte sich ab.

„Es ist viel mehr ..." Sie zögerte, als sie versuchte, ein passendes Wort zu finden. Es gab nichts, was das Gebäude vor ihr zufriedenstellend beschrieb. *„Ehrfurchtgebietend*, als ich mir vorgestellt habe."

Er nickte und wandte sich ab. „Ich freue mich, dass Sie das so sehen. Nun, Dr. Maitland, vielleicht sollten wir fortfahren. Wir werden morgen hierher zurückkehren. Aber für jetzt gibt es noch viele weitere Gebäude, die ich Ihnen zeigen möchte."

Ashleys Herz flatterte. Dieser Mann war ganz anders als der chauvinistische und autokratische Mensch, den man ihr beschrieben hatte. Er zeigte ihr ein Interesse, das völlig entwaffnend war. Ein Interesse, betonte sie sich selbst, das zweifellos durch den Mangel an Fremden in seinem Land geweckt wurde. Aber dennoch. Es war sehr verführerisch, einmal als jemand intensiv Begehrenswertes behandelt zu werden. Aber natürlich würde es nicht weitergehen. Sie hatte nicht die Absicht, seine Eroberung zu werden. Abgesehen davon, dass es ihre Forschung und ihre gesamte zukünftige Karriere gefährden würde, war sie sich nicht sicher, ob sie die Regeln für Verabredungen mit jemandem aus einer so anderen Kultur kennen würde. Würde dieser kultivierte Mann im Privaten auf primitive Weise zurückfallen? Der Gedanke hätte keinen Schauer der Erweckung ihr Rückgrat hinunterjagen sollen.

„Ist Ihnen nicht kalt, Dr. Maitland?"

Sie schüttelte den Kopf, beunruhigt darüber, dass er ihr Zittern bemerkt hatte. „Nein."

„Warum haben Sie dann gezittert?"

Sie zuckte mit den Schultern und versuchte, sich etwas einfallen zu lassen, um ihre allzu primitive Reaktion auf diesen Mann zu verbergen. „Ich bin nur ein wenig überwältigt von all dem." Sie lächelte kurz und hoffte, dass ihre Antwort ihn auf eine falsche Fährte führen würde. Sie wollte nicht, dass er wusste, was sein Blick mit ihr machte.

Er presste die Lippen zusammen, brummte und schaute weg. Sie hatte keine Ahnung, ob sie ihn getäuscht hatte. Das Problem war, dass sie sich selbst nicht getäuscht hatte.

„Dann", sagte er und wandte sich ihr wieder zu, „wenn Sie das überwältigend finden, bin ich gespannt auf Ihre Reaktion auf das, was ich Ihnen als Nächstes zeigen werde. Bitte ..." Diese wunderschönen Lippen verzogen sich zum ersten Mal zu einem Lächeln. „Folgen Sie mir."

Als Zyir Ashley ein paar weitere bemerkenswerte Gebäude gezeigt hatte, war er zufrieden, dass sie tatsächlich viel über antike arabische Architektur wusste. Sie kannte alle Feinheiten der Dekoration, ihre Bedeutung und ihre Konstruktion. Das Einzige, was sie nicht gewusst hatte, war, wie sie sich dabei fühlen würde. Und darüber war er sich jetzt im Klaren. Sie hatte eine Sympathie für sein Land, was wichtig war. Er hatte sicherstellen müssen, dass sie eine Befürworterin seiner Arbeit sein würde, keine Behinderung. Sie hatte eine Leidenschaft für die Architektur, die seiner eigenen fast gleichkam. Königin Elaheh von Tawazun hatte ihm einen unerwarteten Gefallen getan, indem sie Ashley bei ihm eingeführt hatte. Ashley könnte genau das sein, was er und sein Land brauchten.

Erst als sie den Rand der prächtigen Gärten erreicht hatten, hielt er an. Er wusste, dass dies etwas war, worüber sie wenig wusste. Sein Vater hatte Satellitenbilder seines Landes im Internet verboten, und nur wenigen Ausländern war der Zugang erlaubt worden. Es war das Juwel in der Krone.

Sie stiegen die breiten Stufen zur Terrasse hinauf, die von Säulen umrahmt war, wo sich die riesigen Gärten – meilenweit und lang – vor ihnen öffneten. Aber er schaute nicht auf die Gärten. Er beobachtete sie, interessiert daran, ihre Reaktion zu sehen. Ihr Mund öffnete sich und ihre Augen weiteten sich vor Erstaunen. „Ist das ...?" Sie hielt inne, unfähig zu sprechen, stemmte die Hände in die Hüften und schüttelte den Kopf. Sie blinzelte. „Sehe ich das richtig?"

Er erlaubte sich zum ersten Mal zu grinsen. Es war ein viel angenehmerer Morgen gewesen, als er erwartet hatte, und jetzt, da er ihre Reaktion sah, fühlte er, dass er sich entspannen konnte.

„Wenn Sie Meilen von Gärten vor Ihren Augen sehen, dann nein, Sie sehen nicht falsch, Ashley."

Sie drehte sich ruckartig zu ihm um, und ihm wurde plötzlich bewusst, dass er sie beim Vornamen genannt hatte. Er hatte das in Gedanken von dem Moment an getan, als er sie getroffen hatte, aber die Förmlichkeit hatte überwogen. Bis jetzt.

„Es ist erstaunlich! Ist es eine neuere Innovation?"

„Nein. Uralt. Wir können mediterrane Pflanzen anbauen dank der Reservoirs prähistorischen Wassers, die wir anzapfen können. Unter unserer Stadt gibt es Meilen von unterirdischen Kanälen, die unsere Getreidefelder mit Weizen und Gerste versorgen und es uns ermöglichen, alle Arten von Gemüse und Obst anzubauen – Feigen, Trauben. Welche Früchte Sie auch nennen, Ashley, sie wurden hier über Jahrtausende angebaut. Wir pflegen unser Land. Wir nähren unser Land und es nährt uns."

„Nun, es ist erstaunlich. Ich kann verstehen, warum Sie sich Sorgen um Heuschreckenplage machen könnten."

Sein Gesicht verdüsterte sich. „In der Tat. Sie sind eine Plage, vor der wir uns zu schützen versuchen, denn diese Felder ermöglichen es uns, unsere Unabhängigkeit von der Welt zu bewahren."

„Aber Sie sagen, dass sich das alles ändern wird. Warum jetzt? Warum wollen Sie Ihre Welt jetzt öffnen?"

„Es ist an der Zeit. Ich möchte nicht, dass die Subsistenzwirtschaft weitergeht. Es gibt mehr in der Welt, als meine Leute sich vorstellen, viel mehr Gutes. Und da kommen Sie ins Spiel."

Er deutete auf einige Steinsitze mit Blick auf die prächtigen Gärten, beschattet von schwingenden Bambusstoren, die hoch oben aufgehängt waren und wechselnde Schatten über sie warfen. Er wartete, bis sie sich gesetzt hatten.

„Ich möchte, dass Sie mein Land in der Welt etablieren, aber zu meinen Bedingungen. Die Architektur ist einzigartig und könnte ein Symbol für den Weg in die Zukunft sein. Ich möchte, dass jemand, der sie verehrt, sie in die Welt trägt. Ich habe Sie ausgewählt."

Er fragte sich, warum sie die Stirn runzelte. Dann sah sie ihn an, die Stirnfalte verdunkelte immer noch ihre großen blauen Augen. „Sie möchten, dass ich Ihre Architektur präsentiere."

„Genau, Ihre Forschung wird von unschätzbarem Wert sein."

Sie nickte. Dann glättete sich die Stirn. „Ich würde es als eine Ehre betrachten."

„Eine Sache noch. Ich bin neugierig, was Sie so an meiner Welt interessiert."

Sie deutete auf alles um sie herum. „Ist das nicht offensichtlich?"

„Nicht für mich. Sie sind eine Engländerin aus dem sehr traditionellen englischen Hintergrund der Universität Oxford. Wie haben Sie zum ersten Mal von meinem Land gehört, geschweige denn es studiert?"

Er fragte sich, was den Schatten verursachte, der über ihr Gesicht huschte. Es schien, als hätte die reizende Ashley Geheimnisse. Es könnte interessant, wenn nicht sogar amüsant sein, sie zu entdecken.

„Ich habe schon immer Gebäude und die Geschichten, die sie erzählen können, geliebt." Sie blinzelte und eine leichte Röte überzog ihre Wangen, als hätte sie beschlossen, ihm etwas Persönliches zu erzählen. Das gefiel ihm. „Ich wurde als Feministin erzogen, Eure Majestät, und ich beschloss, meine Interessen zu verbinden – Feminismus mit Gebäuden."

Er gab ein überraschtes Grunzen von sich. „Eine seltsame Mischung."

„Vielleicht, aber es hat mir einen Wettbewerbsvorteil verschafft, wenn es darum geht, meine Forschung zu fördern."

Er runzelte die Stirn, während er über die Möglichkeiten nachdachte, wie sich Feminismus und Architektur verbinden ließen. „Und wie machen Sie das?"

Sie schwieg für einen Moment. Dann veränderte sich ihr Gesichtsausdruck, und er wusste, dass sie ihm nicht die ganze Wahrheit sagen würde. Zumindest nicht vollständig.

„Alles hat einen Blickwinkel. Wenn man die Arbeit von Architektinnen vergleicht, sind sie von jedem Aspekt ihres Lebens beeinflusst. Genauso wie Männer."

Plötzlich war er besorgt. „Aber Ihre Arbeit über die Architektur meines Landes wurde nicht so dargestellt."

„Nein", murmelte sie. „Das ist ein zukünftiges Interesse."

„Solange es in der Zukunft bleibt. Ich wünsche, dass die Arbeit ausgewogen ist."

Ihre blauen Augen wurden etwas hitziger. „Sicherlich wird eine feministische Perspektive sie ausgewogener machen."

„Das hängt davon ab. Von der Feministin." Nicht, dass er viel über Feministinnen wusste. Ashley Maitland war die erste, der er je begegnet war. Es schien, als wären sie nicht so schlimm, wie er sich vorgestellt hatte. „Sie sind die beste Person für diesen Job, Ashley." Nicht zu sagen, die *einzige* Person, die sich an ihn gewandt hatte. „Und ich vertraue darauf, dass Sie die Arbeit mit der nötigen Sorgfalt erledigen werden. Ich werde natürlich das letzte Wort bei allen Veröffentlichungen haben, die aus der Forschung entstehen, die Sie hier durchführen."

„Natürlich." Die Leidenschaft war verschwunden, ersetzt durch einen verschlossenen Professionalismus, den er enttäuscht zur Kenntnis nahm. Er hätte alles dafür gegeben, diese Lippen wieder entspannt zu sehen. Er konnte nicht anders, als auf einer sehr sexuellen Ebene auf sie zu reagieren. Sie strahlte Sinnlichkeit aus, und doch waren ihre blassen Wangen oft von Röte überzogen. Es war, als wäre sie sich nicht bewusst, wie attraktiv sie war, oder als hätte sie nicht das Selbstvertrauen, ihre Sinnlichkeit anzuerkennen. Mangelndes Bewusstsein oder mangelndes Selbstvertrauen? Er wusste es nicht, aber er war entschlossen, es herauszufinden. Vielleicht könnte er dann ihre Geheimnisse lüften und eine kleine Liebschaft mit dieser sehr sexy Feministin haben.

Ashley konnte sich nicht erinnern, wann ihr zuletzt ein Mann so viel Aufmerksamkeit geschenkt hatte. Sicher, sie hatte Freunde, aber das waren alles platonische Freunde wie Xander. Gutaussehend, weit außerhalb ihrer Liga, die sich nach einem kurzen Flirtversuch mit Freundschaft begnügten. Und so mochte sie es. Einst, als neue Studentin in Oxford, hatte sie sich in einen Mann verliebt. Es war eine kurze Affäre gewesen. Zu spät hatte sie herausgefunden, dass er sie aufgrund einer Wette verführt hatte - einer Wette, mit dem dicksten Mädchen der Klasse zu schlafen. Sie hatte damals beschlossen, nie wieder verletzlich zu sein.

Also hatte sie ihre üppigen Kurven, über die ihr Ex-Freund so viel Schlechtes zu sagen hatte, hinter weiten Hemden und Hosen versteckt, ihr Haar zu einem kompromisslosen Pferdeschwanz zurückgebunden und sich auf ihr Studium konzentriert. Sie stellte fest, dass sie ungezwungene Freundschaften mit Männern und Frauen hatte und nichts, was ihr Herz wieder bedrohte. Und so mochte sie es. Bis jetzt. Bis dieser Mann mühelos den Deckel ihrer Verkleidung - nicht viel von einer, wenn alle Frauen die gleiche Art von formlosen Kleidern trugen - gehoben hatte und zu mögen schien, was er dort fand. Mehr als mögen, wenn die Hitze in seinen Augen ein Indikator war.

Am Ende des Tages war sie erschöpft vom Versuch, ihre Abwehr gegen den Charme dieses Mannes, dieses Königs, dieses Scheichs aufrechtzuerhalten. Als sie endlich allein war, in ihrem Zimmer, nackt unter der Seide ihres Himmelbetts, die kühle Wüstenluft von den Lüftungsschlitzen hoch oben herabströmend, dem Plätschern des Brunnens draußen lauschend und die sich verändernden Schatten des hellen Sternenlichts beobachtend, ungehindert von künstlichem Licht, streichelte sie ihren Körper. Er war erregt von dem Tag mit diesem Mann - bedürftig. Sie mochte bedürftig nicht. Mit einem Stöhnen rollte sie sich auf den Bauch und schob ihre Hand unter sich, berührte sich dort, wo sie erregt war. Sie schloss die Augen, während ihr Geist bei seinem Gesicht verweilte, bevor er sich auf seine Lippen konzentrierte. Ihr Atem beschleunigte sich im Takt der Bewegung ihrer Finger.

Erst nachdem sie Erleichterung von der Spannung gefunden hatte, die sich in ihr aufgebaut hatte, rollte sie sich auf den Rücken und ließ die Brise ihre erhitzte Haut kühlen. Und sie fragte sich, wie zum Teufel sie ihm sagen sollte, dass sie nicht hier war, um die Gebäude zu erforschen, sondern etwas ganz anderes, etwas viel Kontroverseres, etwas viel Persönlicheres. Ein Gebäude für Sex. Ein Harem.

KAPITEL 3

Der Ruf zum Gebet drang bis in die Bibliothek, wo Ashley saß, umgeben von kostbaren Manuskripten, deren Kopien nirgendwo außerhalb von Irem existierten. Sie hatte den ganzen Tag in die Papiere vertieft verbracht. Die meisten waren auf Arabisch verfasst, das sie an der Universität gelernt hatte, und für einige hatte sie die Erlaubnis erhalten, sie aus einer alten Form des Arabischen übersetzen zu lassen, die sie nicht lesen konnte.

Sie lehnte sich in ihrem Stuhl zurück, rieb sich den Nacken und blickte zur verzierten Decke hinauf und seufzte. Sie war im Himmel. Das war genau die Art von Dingen, die sie liebte. Mit einer Grimasse sah sie wieder auf die Papiere hinunter. Das Problem war, dass sie nicht hier war, um Architektur zu studieren. Und ihr Verleger würde keinerlei Interesse daran haben. Sie war hier, um ein Buch über Harems zu schreiben. Nicht nur das, sondern ein Buch, das sensationell genug war, um ihre Mainstream-Verleger zufriedenzustellen. Und sie hatte einen Tag vergehen lassen, ohne sich mit dem Thema zu befassen. Sie müsste es heute Abend klären. Der König hatte sie zum Abendessen eingeladen. Am Ende des Abends würde sie ihre Karten auf den Tisch legen. Schließlich könnte sie die Architektur später immer noch erforschen.

Aber selbst als sie ihren Computer einpackte und sich Gründe überlegte, warum der König ihren Planwechsel akzeptieren würde, spürte sie, wie sich in ihrer Magengrube ein flaues Gefühl breitmachte. Sie wusste, dass es ihm nicht gefallen würde. Welcher Mann mochte es nicht, zu denken, er hätte die Kontrolle? Besonders wenn dieser Mann ein König war.

Ashley brauchte länger als gewöhnlich, um sich für das Abendessen fertig zu machen. Sie machte sich nichts vor, dass es ein besonderes Dinner sein würde. Zweifellos würde sie nicht einmal in der Nähe des Königs sitzen. Aber er würde da sein. Sie schloss die Augen und atmete tief durch, als sie sich darauf vorbereitete, ihre Suite zu verlassen. Sie strich mit feuchten Händen über ihre dunkelgrünen Gewänder. Elaheh hatte darauf bestanden, mit ihr einkaufen zu gehen, bevor sie kam, und so fühlte sie sich zumindest sicher in ihrem Kleid, das formeller war als in allen anderen Ländern, in denen sie gewesen war, einschließlich Xanders und Elahehs.

Das Dienstmädchen trat zurück und lächelte anerkennend, als ob es Ashleys Zweifel verstünde. Sie öffnete die Tür für Ashley und nickte ermutigend. Es war Zeit.

Ashley folgte dem Dienstmädchen durch das halb unterirdische Labyrinth aus Räumen, Korridoren und Gärten. Es gab keine Sonne mehr, nur noch einen weichen orangefarbenen Schimmer, der durch die sich bewegenden Markisen von oben gefiltert wurde. Aber anstatt die Förmlichkeit der öffentlichen Räume zu betreten, wandte sich das Dienstmädchen ab, zu einem älteren Teil des Palastes. Nachdem eine uralte, geschwärzte Holztür, die mit Eisennägeln beschlagen war, für sie geöffnet wurde, traten sie durch einen Säulengang in eine private Welt, in der sie allein waren. Niemand sonst ging vorbei. Es waren keine Geräusche von arbeitenden Menschen mehr zu hören.

Das Dienstmädchen öffnete eine letzte Tür und Ashley trat in einen privaten Innenhof, der auf drei Seiten von Mauern umgeben war. Die vierte Seite bot einen weiten Blick über die Gärten und Felder, deren Farben durch die letzten Farben des Sonnenuntergangs, die den Himmel streiften, noch verstärkt wurden. Aber Ashley bemerkte dies kaum, wegen der einsamen Gestalt, die sich gegen den Abendhimmel abzeichnete. Panik ergriff sie. Sicherlich konnte sie nicht der einzige Gast zum Abendessen sein?

Sie schaute sich um, aber das Dienstmädchen war verschwunden und ließ sie allein mit Zyir zurück. Als ob er ihren Drang zu fliehen spürte, drehte sich Zyir in diesem Moment um. „Dr. Maitland!", sagte er und wandte sich ihr zu. „Danke, dass Sie gekommen sind."

Ein Gefühl der Erleichterung ersetzte ihre anfängliche Angst, als sie sein Lächeln und seinen Willkommensgruß bemerkte, der in seinem knappen englischen Akzent geliefert wurde, vermutlich dank englischer Tutoren. Sicherlich gab es hier nichts zu befürchten?

„Es ist mir ein Vergnügen", sagte sie und überwand den Wunsch zu fliehen. Sie trat auf ihn zu, auch um sich selbst zu beweisen, dass sie der Herausforderung gewachsen war. „Obwohl ich überrascht bin", sagte sie und sah sich um.

„Und warum ist das so?"

„Ich dachte nicht, dass ich Ihr einziger Gast sein würde."

Er zuckte mit den Schultern. „Ich esse normalerweise allein. Meine Tage sind beschäftigt genug. Außerdem bedeutet es, dass wir Ihre Arbeit ohne Unterbrechung besprechen können. Möchten Sie etwas trinken?"

„Sprudelwasser, bitte."

„Machen Sie daraus zwei", sagte er zu einem wartenden Bediensteten.

Er wandte sich wieder ihr zu, und sie schaute weg, unfähig, diesem durchdringenden Blick standzuhalten, ohne ihre Fassung zu verlieren. Sie drehte sich um, um die Aussicht zu betrachten - die grüne Oase der Felder, gebadet im Abendlicht. Die Meilen von Grün waren ein atemberaubender und beruhigender Kontrast zum sich verdunkelnden Violett des Himmels. Eine leichte Brise löste ihr Haar, und sie atmete tief den Duft der vermischten Düfte ein, die von den Feldern zu ihnen herüberwehten.

„Ich habe in meinem Leben noch nie etwas so Schönes gesehen", sagte sie mit leiser Stimme. „Und so unerwartet."

„Ich denke, meine Vorfahren empfanden genauso." Seine Stimme kam von hinten und sandte Schauer über ihre Haut, die ihre Gewänder verbargen. „Deshalb haben sie den Palast und die Stadt darum herum gebaut."

Sie drehte sich um und vergaß ihr Unbehagen, getroffen von seinen Worten. „Sie meinen, diese Gärten waren schon vor dem Palast hier?"

Sie war groß, aber er war viel größer. Seine dunklen Augen blickten mit Interesse und Wärme auf sie herab, wieder so ganz anders, als sie erwartet hatte. „In der Tat. Natürlich gab es hier schon in irgendeiner Form Gebäude, denn Gärten pflegen sich nicht von selbst, noch werden sie benötigt, wenn es keine Stadt drumherum gibt, die ernährt werden muss. Aber ja, die Gärten sind seit Jahrtausenden hier."

Sie blickte zurück auf die Gärten, unfähig, seinem dunklen Blick weiterhin standzuhalten. Die verschiedenen Grüntöne sahen sensationell aus, durchsetzt mit dem Orange und Gelb von Obst und Gemüse, dem Rot der Kirschen, dem Purpur-Schwarz der Trauben. Es war eine Fülle, die sie nicht erwartet hatte. Irem entpuppte sich als voller Überraschungen.

„Für die Außenwelt ist über Irem wenig bekannt, außer seinem Geheimnis und der faszinierenden Architektur, die man von der umgebenden Wüste aus sieht - außerhalb der Stadtmauern. Aber innen..." Plötzlich schien seine Stimme viel näher. „Innen", wiederholte er, „ist es dieses Wunder von Gottes Werk, von dem wir glauben, dass es unser Land so besonders macht." Er machte eine Pause. „Stimmen Sie nicht zu?"

Natürlich tat sie das. Sie nickte, konnte sich aber nicht umdrehen.

„Gut. Denn ich möchte, dass Sie es in Ihre Arbeit einbeziehen. Es ist Zeit, dass die Welt die Wunder von Irem kennenlernt."

Jetzt. Jetzt war der Moment, ihm zu sagen, dass sie nicht vorhatte, die Forschung durchzuführen, an der er glaubte, sie sei interessiert. Das Problem war, sie *war* interessiert – sehr sogar –, aber ihre Zukunft lag in der

Haremsforschung. Sie räusperte sich und holte tief Luft. Sie würde es ihm direkt sagen.

Sie drehte sich um, aber die Worte blieben ihr im Hals stecken. Er stand näher, so nah, dass sie die Linien um seine Augen und seinen Mund sehen konnte – Linien, die sein Gesicht weicher machten und den Mann darunter zeigten. Er war ein Mann voller Wärme und Lächeln, ganz anders als der Mann, den man ihr angekündigt hatte. Es schien, als wäre sein Ruf, wie der seines Landes, weit von der Realität entfernt. Gerade als sie das dachte, breitete sich ein Lächeln auf seinem Gesicht aus.

„Sag mir, welche Gedanken dir durch den Kopf gehen, die deine blauen Augen einen Ton dunkler werden lassen?"

Sie schüttelte den Kopf. Wie konnte sie ihm sagen, dass sie an sein Lächeln dachte?

Er neigte den Kopf, als wolle er sie besser sehen. „Keine Gedanken? Vielleicht ist es ein Trick der Dämmerung." Er wandte sich dem Tisch zu, auf dem das Abendessen serviert wurde. „Komm, ich dachte, du würdest ein informelles Dinner schätzen."

Der König machte sich Gedanken darüber, was ihr gefallen könnte? Sie fühlte sich lächerlich geschmeichelt. Als sie sich setzte, lockerte sie ihren Hidschab und fragte sich dann, ob sie das tun sollte. Er begegnete ihrem Blick und nickte ihr kurz zu. „Wir sind formell in diesem Land, aber innerhalb dieser Mauern können wir die Regeln ein wenig lockern."

Sie nahm den Hidschab ab und versuchte, die Art und Weise zu ignorieren, wie sein Blick zu lange auf ihrem Haar ruhte. Was auch immer er dachte, es musste fesselnd gewesen sein, denn er sah überrascht aus, als der Bedienstete mit einer Platte dampfenden, gebratenen Huhns hinter ihm erschien.

„Das Essen sieht wunderbar aus." Tatsächlich hatte man ihr glauben gemacht, dass sie sehr traditionelles Essen zu sich nehmen würden, nicht die Vielfalt an farbenfrohen Reis-, Gemüse- und Fleischgerichten, die jetzt vor ihr ausgebreitet waren. Xander hatte sie mit der Art von Ernährung aufgezogen, die sie in Irem erwarten könnte, und sie hatte Tüten voller Nüsse und verschiedener anderer Snacks mitgebracht, um sich über die Runden zu bringen. Aber auch hier waren ihre Erwartungen weit von der Realität entfernt.

„Unsere traditionelle Küche hat sich im Einklang mit dem Überfluss unserer Gärten entwickelt."

Sie hatte ihr Essen schon immer genossen, aber sie genoss *dieses* Essen wirklich. Sie konnte kaum ein Wimmern der Freude unterdrücken, als sie jeden Bissen auf ihrer Zunge kostete und die verschiedenen Kräuter und Gewürze identifizierte, die jedem Gericht hinzugefügt worden waren, um das Beste aus den frischen Zutaten herauszuholen. Sie schloss die Augen, als die Würze eines Gerichts mit gewürztem Reis auf ihrer Zunge explodierte.

„Ich mag es, wenn eine Frau ihr Essen genießt."

Sie öffnete mitten im Kauen die Augen – sie hatte gar nicht bemerkt, dass sie sie geschlossen hatte – und blickte auf das sich schnell leerende Essen auf ihrem Teller. Sie schluckte und legte ihre Gabel auf den Teller. „Ja, es ist wunderbar." Sie zuckte mit den Schultern und lächelte leicht. „Aber ich muss gestehen, ich genieße Essen." Zu sehr, dachte sie und dachte daran, wie ihre ohnehin schon kurvigen Kurven noch kurviger werden würden.

„Es ist schön zu sehen."

Dann erinnerte sie sich an den alten Spruch, dass eine Frau, die ihr Essen genießt, auch Sex genießt. Es stimmte, aber sie hoffte inständig, dass er nicht dasselbe dachte.

Er nahm einen Schluck von seinem Getränk, aber etwas in seinen Augen ließ sie denken, dass er vielleicht *doch* in diese Richtung dachte. Ihr Herzschlag beschleunigte sich bei dem Gedanken, mit diesem Mann zu schlafen. Sie hatte fast das Gefühl, er täte es bereits, mit seinen Augen. Es war klar, dass er nur Augen für sie hatte und dass diese Augen sie begehrenswert fanden. Es ließ sie sich auf eine Weise begehrenswert *fühlen*, wie sie es noch nie zuvor gefühlt hatte.

Zu Hause schienen ihre üppige Figur, ihr erdbeerblondes Haar, ihre blasse Haut und ihre vollen Lippen immer altmodisch und unerwünscht im Vergleich zu den schlanken, haselnussäugigen, gebräunten Schönheiten, die überall zu sein schienen, wo sie hinsah. Aber hier hatte sie keine Konkurrenz und genoss daher seine Bewunderung.

Er lehnte sich vor, seine Augen verließen nie die ihren, und ihr stockte der Atem, als sie sich seinen nächsten Zug vorstellte. Denn das hier fühlte sich definitiv wie ein Flirtspiel an.

„Und wie", sagte er mit dieser wunderbaren Stimme, „bist du heute mit deiner Forschung vorangekommen?" Er führte seine langen Finger zu einem Dreieck zusammen und presste sie gegen seinen Mund, seine Augen verloren nie ihren flirtenden Ausdruck. Es brauchte ein paar Wiederholungen seiner Frage, bis sie bei ihr ankam. Sie gab sich einen mentalen Ruck.

„Interessant. Sehr interessant", fügte sie hinzu, als sie sich zwang, über ihre Arbeit nachzudenken.

„Inwiefern interessant?" Ohne seinen Bediensteten anzusehen, schnippte er mit den Fingern und ihr Getränk wurde nachgefüllt. Sie hätte diese beiläufige Machtdemonstration nicht so verführerisch finden sollen.

„Ich las über Ihre Abstammungslinie. Die Frauen..." Wie konnte sie es ausdrücken? „Sie waren mächtig."

„Oh ja", sagte er mit einem leichten Lächeln und lehnte sich wieder in seinen Stuhl zurück. „Meine Mutter, meine Großmutter und all meine weiblichen Vorfahren vor ihnen waren starke Frauen. Ich nehme an, das ist sehr anders als Ihre westlichen Vorstellungen über mein Volk."

Sie verzog das Gesicht, bevor sie mit ihrem Getränk spielte und das prickelnde Wasser im feinen Glas kreisen ließ, dessen zarte Facetten Licht um sie herum versprühten. Sie fühlte sich, als wäre sie in einem Kaleidoskop. Innen und außen bewegte sich alles, und ihre vorgefassten Meinungen änderten sich.

Sie nickte. „Ja, leider. Ich sehe, ich werde mein Buch überarbeiten müssen." Die Worte sprudelten heraus, bevor sie sie aufhalten konnte.

Seine Augen verengten sich an den Ecken. Er nahm auch noch einen Schluck Wasser, bevor er es mit Bedacht auf den Tisch stellte. Er dachte über das nach, was sie gesagt hatte. Leider konnten ihre Worte nicht falsch verstanden werden.

„Dein Buch", sagte er mit dieser verführerischen, tiefen Stimme. „Vermutlich nicht das Buch, das du über Architektur schreibst?"

Sie biss sich auf die Lippe und schüttelte den Kopf, plötzlich besessen davon, ein Stück gebratenes Lamm aufzuspießen. Sie steckte es sich in den Mund und lächelte kurz, als wolle sie sagen, ich würde deine Frage beantworten, aber ich esse gerade. Unglücklicherweise schmolz das Fleisch auf ihrer Zunge und sie konnte wieder sprechen.

„Nein. Es ist ein Buch über ein neueres Forschungsgebiet."

Er legte den Kopf schräg. „Ich bin mir dieses *neueren Gebiets* nicht bewusst. Vielleicht könntest du mir ein wenig darüber erzählen. Ich bin neugierig zu erfahren, welches Forschungsgebiet die Vorstellung beinhalten könnte, dass Frauen in meinem Land schwach sind."

Sie zuckte unter seinen harten Worten zusammen. „Ich halte Frauen nie für schwach. Unterdrückt vielleicht, aber nicht schwach. Ich bin Feministin und glaube, dass Frauen zu allem fähig sind."

„Ah, eine *Feministin*. Natürlich." Sein Ton goss Spott über das Wort. „Und wie lautet der vorgeschlagene Titel dieser Forschung?"

Sie presste die Lippen zusammen. Sie wollte ihm den Titel nicht nennen, besonders nicht den Untertitel. Er klang albern, naiv sogar, jetzt, wo sie hier in Irem war. „Es geht um Frauen in Arabien."

„Vielleicht könntest du präziser sein. Den Titel, bitte."

Sie zuckte mit den Schultern. „Der Titel ist nicht so wichtig wie der Inhalt."

„Den Titel, bitte."

„Nun... Es geht um die, äh, Unterdrückung und Unterwerfung von Frauen im zeitgenössischen mittelalterlichen Arabien."

„Zeitgenössisch mittelalterlich. Hm, schönes Oxymoron. Genau die Art von Dingen, die Akademiker mögen. Ich bin beeindruckt." Von seinem verdunkelten Gesichtsausdruck und der grimmigen Linie, die seine Lippen gebildet hatten, konnte sie sehen, dass er das Gegenteil war. „Und wo hast du diese Fehlinformationen verbreitet?"

„Ich habe Artikel daraus veröffentlicht", sagte sie defensiv.

„Wo?"

Sie nannte eine obskure akademische Zeitschrift.

„Nirgendwo sonst? Du konntest keine angesehenere Zeitschrift finden, die deine haltlosen Vermutungen über unsere Frauen veröffentlichen würde?"

Sie schüttelte den Kopf und wünschte, sie hätte sich nie so von ihm verführen lassen, dass sie ihre Vorsicht fallen ließ und Dinge sagte, die sie nicht hätte sagen sollen.

„Also, bitte kläre mich auf. Was ist der Zusammenhang zwischen deinem derzeitigen Interesse an Architektur und dem Zustand unserer armen, unterdrückten Frauen? Was bist du hierhergekommen, um zu erforschen?"

Ihr Mund war trocken, als sie ihn öffnete, um das eine Wort auszusprechen, von dem sie jetzt irgendwie wusste, dass es ihm noch unangenehmer sein würde.

„Sprich weiter", sagte er in einem Ton, der alles andere als ermutigend war.

„Harems", flüsterte sie.

„Harems." Er sprach die zwei Silben mit harter Betonung aus, als ob das Wort für ihn einen schalen Geschmack hätte.

Sie nickte. „Ich glaube, ihr habt eine Tradition von Harems."

„Die haben wir." Er machte sich nicht einmal die Mühe, es zu leugnen. Die Ungerechtigkeit dessen gab ihr Zuversicht.

„Dann hast du doch sicher nichts dagegen, mir die Harems und alle dazugehörigen Aufzeichnungen zu zeigen?"

Er beugte sich vor und stützte sein Gewicht auf die auf dem Tisch verschränkten Arme. „Und darf ich fragen, warum du den Harem sehen und wissen willst, was dort vor sich geht?"

„Weil ..." Für ein paar Sekunden spürte sie das Hämmern ihres Herzens, als das Adrenalin durch ihre Adern schoss und ihr Mut machte. „Weil ich mich für Frauen interessiere, besonders in diesem Land."

„Das, Dr. Maitland" - sie registrierte, dass er aufgehört hatte, sie beim Vornamen zu nennen - „erklärt nicht, warum du den Harem meines Palastes und seine diesbezüglichen Aufzeichnungen sehen willst. Wenn du nur an diesen beiden Themen interessiert wärst, könntest du darüber schreiben, wie unsere Frauen Seite an Seite mit den Männern auf den Feldern arbeiten, wie sie genauso gebildet sind wie sie. Aber das interessiert dich nicht, oder?"

Seine Augen funkelten, und sie zuckte ein wenig zurück. Sie hoffte, er würde es nicht bemerken. Sie schüttelte den Kopf. Er zuckte zurück, als ob er plötzlich verstanden hätte.

„Und der tatsächliche Titel deines Buches ist?"

Es hatte keinen Sinn, es zu verheimlichen. „Frauen in Harems: Eroberte Konkubinen oder Hausgöttinnen?"

Er schloss die Augen und seufzte. Als er sie wieder öffnete, waren seine Augen dunkel vor unterdrücktem Zorn.

„War das die Idee deines Verlegers?", fragte er. „Etwas

Sexy und Anzügliches, um auf unsere Kosten Geld zu verdienen?"

„Nicht auf eure Kosten. Nein, ich werde nur schreiben, was ich entdecke, und es wird fair sein."

„Ah, du leugnest also nicht, dass es die Idee deines Verlegers ist?"

Sie schüttelte den Kopf. Wie konnte sie? „Nein, aber -"

„Aber was, Dr. Maitland? Willst du weitermachen, im Dreck wühlen und diesen Dreck präsentieren, damit Millionen von Menschen Geld dafür bezahlen können, es zu lesen?"

Es war genau das, was sie wollte. „Glaubst du, Millionen von Menschen wären daran interessiert?", konnte sie nicht umhin zu fragen. Der Gedanke, was das für ihre Karriere bedeuten könnte, war umwerfend. Es würde ihre Zukunft als festangestellte Akademikerin sichern. Dann sah sie sein Gesicht - dunkel und gefährlich.

Er schüttelte den Kopf, und seine Lippe kräuselte sich verächtlich. „Ist das alles, woran du denken kannst? Ist das alles, was du aus unserer Diskussion mitnimmst?"

„Nein, ich werde über nichts schreiben, was nicht wahr ist. Ich bin in erster Linie Akademikerin und Feministin."

„Ah, eine Feministin. Dieses Wort schon wieder. Zweifellos hat dein Fakultätsleiter ein Buch über die Unterdrückung von Frauen in traditionellen arabischen Ländern angefordert."

Sie stutzte. Dieser Mann war gut informiert.

Er wartete keine Antwort ab. „Und so hast du zugestimmt, hierher zu kommen und dich in diesem fremden Land zu riskieren. Du bist mutig, das muss ich dir lassen."

Mutig? Sie wusste nicht, ob sie mutig genug war. Sie schluckte, antwortete aber nicht, weil sie nicht glaubte, dass ihre Stimme mutig klingen würde.

„Ich gebe dir, was du willst", fuhr er fort. „Ich werde dir die Quartiere des Harems zeigen, ich werde dir Zugang zu den Aufzeichnungen des Harems gewähren."

Sie war erleichtert. „Danke."

„Aber" - er beugte sich über sie, seine Präsenz überwältigte sie - „im Gegenzug will ich etwas."

In ihrem Kopf gingen die Optionen durch. Wenn er Anerkennung, Geld, Erwähnung in der Forschung wollte, würde sie es tun. „Alles." Ihre gesamte Zukunft hing davon ab.

Seine Lippe kräuselte sich, als ob er ihre Schwäche verachten würde. „Ich hatte nicht erwartet, dass du so verzweifelt sein würdest."

Sie konnte es kaum erwarten zu gehen. „Bitte, sag es mir." Je schneller er es ihr sagte, desto schneller konnte sie von seinem eisigen Blick befreit werden. „Was willst du?"

„Dich", sagte er. Und mit diesem einen Wort brach ihre Welt zusammen. Sie spürte, wie sie Stein für Stein um sie herum zerbröckelte. Das Gebäude ihres Lebens, das sie in den letzten sechs Jahren mühsam aufgebaut hatte, stürzte um sie herum ein.

„Mich? Wie meinst du das, mich?"

„Dich, in meinem Harem."

Sie schluckte. Sicher hatte sie ihn missverstanden. „Du hast einen Harem?" In diesem Moment wurde ihr bewusst, wie wenig sie über diesen Mann wusste, der sich vor ihren Augen in einen Fremden verwandelt hatte. All die Dinge, von denen sie dachte, sie wüsste sie, hatte sie sich, wie ihr klar wurde, in ihrem Kopf zusammengereimt, aus Zeichen und Hinweisen eine Bedeutung konstruiert, die wenig mit der Wahrheit zu tun hatte. Sie hatte gedacht, sie würde die Vergangenheit studieren. Sie lag falsch.

Er beugte sich zu ihr, umklammerte die Armlehnen ihres Stuhls, sein Gesicht so nah an ihrem, dass er sich nur einen Zentimeter zu bewegen brauchte, und seine Lippen würden auf ihren liegen.

„Ja. Und wenn du deine Forschung fortsetzen möchtest, wirst du jetzt seine erste Dame sein."

KAPITEL 4

Zyirs Blut kochte, als er sah, wie auch Ashleys Blutdruck in die Höhe schoss.

„Nein", sagte sie. „Auf keinen Fall werde ich einem Harem beitreten. Ich bin eine respektable Akademikerin."

„Respektabel? Du willst über Sex schreiben und es an den Meistbietenden verkaufen. Ist das etwa ein Verhalten, das Respekt verdient?"

Sie hob ihr Kinn. „So ist das überhaupt nicht! Ich nutze meine Forschung..." Sie suchte nach Worten. „Ich nutze meine Forschung, um ein breiteres Publikum zu erreichen. Das ist alles."

„Du verkaufst dich. Du tauschst Sex gegen Geld. Und glaub ja nicht, dass du das nicht tust."

„Ich nehme nicht am Sex teil", sagte sie mit dem prüdesten englischen Akzent, den er je gehört hatte. „*Das ist der Unterschied.*"

Er kam näher und bemerkte ihre Reaktion auf seine Nähe. Sein erster Eindruck war richtig gewesen. Sie war genauso von ihm angezogen wie er von ihr. Schade, dass sie sich als genauso dickköpfig, arrogant und ignorant herausstellte wie jeder andere Westler, dem er je begegnet war.

„Wenn du nicht meinem Harem beitreten willst, kannst du gehen." Er drehte sich um, um zu gehen.

„Nein!", rief sie ihm hinterher, wie er es erwartet hatte. „Nein, bitte. Ich brauche das."

Er drehte sich um. „Das ist mir klar. Die Frage ist, *wie sehr* brauchst du es?"

„Ich kann nicht ohne diese Forschung nach England zurückkehren. Ich brauche sie... *sehr*."

Er verschränkte die Arme und beobachtete sie. Er spürte, wie sein Gesicht wieder seinen üblichen strengen Ausdruck annahm. Er war nicht mehr in der Stimmung für Lächeln. Er war in der Stimmung, ihr eine Lektion zu erteilen, die sie nie vergessen würde. Wie wagte sie es, sein Land mit solch arroganter Respektlosigkeit zu behandeln?

„Es hängt zu viel davon ab. Meine zukünftige Karriere hängt davon ab", fügte sie hinzu.

Er hob die Augenbrauen. „Deine Karriere? Und deine arroganten Ansichten über meine Welt an unwissende Westler zu verkaufen, ist dein Weg, deine Karriere zu sichern?"

Zu ihrer Ehre errötete sie und nickte. „Ja", sagte sie mit leiser Stimme. „Ich meine, ich sehe es nicht so... oder zumindest *sah* ich es nicht so."

„Es interessiert mich nicht, *wie* du es siehst. Wenn du etwas über den Harem lernen willst, ist der beste Platz für dich in einem. Meinem."

Sie schluckte. „Was...", sagte sie heiser, bevor sie sich räusperte. „Was wird das beinhalten?"

„Was normalerweise in einem Harem vor sich geht? Ich dachte, du würdest zumindest das wissen! *Du*, mit deinem akademischen Wissen über Harems, solltest zumindest wissen, was dort vor sich geht.“

Sie öffnete ihre wunderschönen vollen Lippen, um zu antworten, und ein Hauch eines Wortes entwich ihrem süßen Atem. „Sex.“

„Ich bin froh, dass deine Recherchen in diesem Punkt zumindest genau waren.“

Sie errötete wieder, das Rosa ihrer Wangen ein heller Kontrast zu ihrer ansonsten blassen Haut. Es verstärkte das Blau ihrer Augen. Es erinnerte ihn an Kornblumen, verstreut über die sattgrünen Felder Englands, die er einmal in einem englischen Film gesehen hatte. Damals hatte er gedacht, er hätte nie etwas so Schönes gesehen wie den blassen, wässrigen Himmel, von dem feiner Nieselregen fiel und eine Welt voller frischer und zarter Farben schuf. Ein solcher Kontrast zu den starken Farben seines eigenen Landes. Aber Filme waren nicht real, erinnerte er sich. Und auch nicht das Erscheinungsbild dieser Frau, die ihr arrogantes, hinterhältiges Motiv, hier zu sein, hinter der schönen Fassade verbarg.

„Also, wie lautet deine Antwort? Wirst du meinem Harem beitreten oder sofort abreisen?“

„Das sind meine einzigen beiden Optionen?“

„Ja. Es kann keine anderen geben.“

Sie biss sich auf die Lippe. Es hätte nicht so verführerisch sein sollen. Dann blickte sie zu ihm auf, unter Wimpern, die wie schwarze Locken auf ihrer blassen Haut lagen. Sie nickte.

Er hob fragend eine Augenbraue. Er würde nicht ruhen, bis er ihre Zustimmung gehört hatte.

Sie nickte erneut. „Okay, ich werde es tun."

„Was wirst du tun?"

„Teil deines Harems sein. Aber ich werde nicht, du weißt schon... Sex haben."

Er breitete die Arme weit aus. „Dann kannst du gehen."

„Nein, warte. Okay, vielleicht könnten wir zu einer anderen Vereinbarung kommen."

„Wie zum Beispiel?"

„Nun, ich könnte in den Harem ziehen und dort schlafen und arbeiten, wie es traditionell üblich ist."

Er nickte kurz. „Weiter."

„Und dann könnte ich dich... von Zeit zu Zeit sehen..." Sie verstummte.

Er hätte an dieser Stelle Einhalt gebieten können, aber jetzt war er neugierig und genoss es, sie sich winden zu sehen, während sie sich fragte, wie sie aus dieser Situation herauskommen würde, die sie mit ihrer Doppelzüngigkeit geschaffen hatte.

„Du nennst diese Version eines Harems traditionell? Nein! Ich werde jede Nacht zu dir kommen und du wirst mich unterhalten."

Sie wurde so blass wie Mondlicht. Er bereute die Zurschaustellung seiner Macht fast. Fast.

„Unterhalten?", fragte sie flüsternd.

Er ging um sie herum und musterte sie. „Du kannst für mich tanzen, wenn du möchtest. Möchtest du das?"

Sie schüttelte den Kopf. „Ich kann nicht tanzen. Nicht mehr. Ich meine... Ballett... als ich jung war, aber..."

Er gab ein raues, humorvolles Grunzen von sich. „Dann kannst du für mich singen." Er machte eine Pause, betroffen von dem entsetzten Blick auf ihrem Gesicht. „Sag mir nicht. Du kannst nicht singen."

„Nein, ich kann nicht. Also, ich kann singen, aber es ist nicht gerade... melodisch."

„Dann sag mir, was du *genau* kannst."

„Ich kann reden."

Er grunzte ein unterdrücktes Lachen. „Ich bezweifle, dass das jemals eine Schlüsselqualifikation für eine Frau in einem Harem war. Worüber schlägst du vor zu reden? Über den Stand des Feminismus im Nahen Osten? Wie unsere alten Gebäude errichtet wurden? Wie die Fliesen abgebaut wurden? Über solche Dinge kann ich mit meinen Ministern sprechen. Ich habe kein Interesse daran, mit *dir* über solche Dinge zu reden."

„Nein, *mehr* als das. Ich kann über..." Sie verstummte mit einem Achselzucken und sah ihn hilflos an. Vielleicht war er bereit zu einem Kompromiss. Er hatte angenommen, sie würde weggehen, aber sie hatte Mut, das musste er ihr lassen. Und sie hatte auch, was wie eine erstaunliche Figur unter diesen Gewändern aussah.

„*Sex*", sagte er und brachte den Gedanken zum Ausdruck, der ihm immer als erstes in den Sinn kam, wenn er sie ansah. „Du kannst mit mir über Sex reden. Aber" - er warf einen Blick auf die Gewänder, hinter denen sie sich versteckte - „nicht in diesen Gewändern. Ich will Verführung, also musst du angemessen verführerische Kleidung tragen."

Ihre Augen funkelten. „Okay", sagte sie zwischen zusammengebissenen Zähnen. „Aber kein Sex. Nur *Reden* über Sex."

Er zuckte mit den Schultern. „Wir werden sehen. Ich werde dich nicht zwingen. Aber wenn du zu mir kommst und mich bittest, dich zu befriedigen, dann" - er zuckte erneut mit den Schultern - „wäre es unhöflich von mir, abzulehnen."

Ihre Blässe verschwand unter einer roten Röte. „Ich werde niemals-"

Er winkte ab. „Du kannst jetzt gehen."

Aber anstatt zu gehen, trat sie auf ihn zu, ihre Augen funkelnd, die sich vom Blau der Kornblumen zum Violett eines stürmischen Himmels wandelten. Unglücklicherweise fand er beide Inkarnationen ihrer Augenfarbe verlockend.

„Ich werde das tun, weil ich es brauche. Aber es gibt keine Möglichkeit, dass ich jemals..." Sie verstummte, als ob sie die Worte nicht über die Lippen bringen konnte. Er dachte, er würde ihr auf die Sprünge helfen.

„Was tun? Sex mit mir haben?" Er zuckte mit den Schultern. „Das liegt bei dir." Er machte einen Schritt auf sie zu. Ihre Röte wich erneut der Blässe, aber er wollte ihr zeigen, wer hier die Macht hatte. „Du hast drei Tage-"

„Aber ich habe ein Visum für länger."

„Drei Tage", sagte er mit fester Stimme, „in denen du mich..." Er machte eine Pause, um ihr die Möglichkeit zu geben, darüber nachzudenken, was genau sie mit ihm tun könnte. „*Unterhalten* kannst. Aber ich bin kein unfairer Mensch. Ich werde dir etwas im Gegenzug geben. Nachts kannst du mich unterhalten und tagsüber werde ich dich bilden. Am Ende der drei Tage sollten wir beide etwas gewonnen haben. Jetzt geh. Bereite dich vor. Deine Lektionen beginnen morgen früh im Alten Viertel."

„Und dann, später..." Sie verstummte, ihre Stimme leise.

„Später? Ich werde zu dir in den Harem kommen. Du

kannst jetzt gehen, aber sei bereit, mich morgen Abend mit deinen Worten zu verführen, in die du so viel Vertrauen setzt."

Er wusste nicht, ob es das Wort ‚gehen' oder ‚Harem' war, das sie fast zurücktaumeln ließ. Aber weg ging sie, mit einem Wirbel ihrer grünen Gewänder, nur ihren Duft zurücklassend - subtil, doch eindringlich. Er schien ihn nicht zu verlassen. Er atmete ihn ein und er setzte sich in ihm fest. Es war umso ärgerlicher, weil es etwas mit ihm machte. Es gab ihm etwas, von dem er nicht einmal gewusst hatte, dass er es wollte.

Mit einer Handbewegung entließ Zyir das Personal, das stumme Zeugen der Szene gewesen war, und begann, auf der gefliesten Terrasse auf und ab zu gehen, ohne die Schönheit zu sehen, die ihn umgab, nur die pochende Wut und Frustration fühlend.

An welchem Punkt hatte Ashley ihn getäuscht?

Er fühlte sich wie ein Idiot. Er lehnte sich über die Balustrade und schloss die Augen fest. Aber er wusste es. In dem Moment, als er das Brüllen ihres Motorrads durch die Palasttore hatte kommen hören, war sein Interesse geweckt worden. Es war angeregt worden, als sie ihren ruhigen blauen Blick auf ihn gerichtet hatte. Es war wie in die Tiefe eines Brunnens im Meer zu blicken, eine kühlende Oase, die hinter ihrer kühlen englischen Fassade das Versprechen der Sättigung barg. Und die Neugier, die er für sie empfunden hatte, hatte sich in intensives Verlangen aufgelöst, als er sie selbstbewusst in den grünen Gewändern, die ihr so gut standen, auf die Terrasse hatte treten sehen.

Und dann das. Er hatte seine Deckung fallen lassen und war ausgetrickst worden. Es würde nicht wieder passieren, weil er vorhatte, Ashley genauso zu benutzen, wie sie erwartet hatte, ihn zu benutzen. Er dachte an ihren üppigen Körper unter diesen grünen Gewändern. Er hatte erwartet, sie zu umwerben, sie langsam und gründlich zu verführen. Es schien, dass er das jetzt nicht mehr brauchte. Sie würde all das Umwerben, all die Verführung tun. Es wäre nicht nötig, Sex zur Bedingung zu machen, weil es sowieso passieren würde. Es gab keinen Zweifel an ihrer sexuellen Verbindung. Es würde eine Transaktion sein, aber deshalb nicht weniger angenehm.

Er würde sie für ihre Überlegenheit bezahlen lassen - mit sich selbst.

KAPITEL 5

*W*orauf zur Hölle hatte sie sich da eingelassen?

Dieser eine Gedanke hämmerte in Ashleys Kopf im Rhythmus ihres rasenden Herzens, während sie im Eiltempo zu ihren Gemächern zurückkehrte. Sie konnte gar nicht genug Abstand zwischen sich und den König bringen. In einem Augenblick hatte er sich von einem Mann, dessen Gesellschaft sie genoss, einem Mann, der mit nur einem Blick ihre sexuellen Impulse geweckt hatte, in den strengen, kompromisslosen König der Legende verwandelt.

Erst als sie sicher in ihrer Suite angekommen war, konnte sie sich entspannen. Sie riss sich Abaya und Kopftuch vom Leib, warf sie auf das Sofa und trat an die offenen Fenster, wo sie gierig die kühle Wüstenluft einsog.

Sie umklammerte das Geländer ihres Balkons und blickte in die Nacht hinaus. Es gab keinen Mond, und die Sterne leuchteten hell am Himmel, heller als sie es angesichts der Dunkelheit des Landes, in dem sie sich befand, eigentlich durften. Und der Dunkelheit der Seele des Mannes, an den sie für drei weitere Tage gebunden war.

Was hatte sie sich nur dabei gedacht, in dieses fremde Land zu kommen?

Sie erinnerte sich an Xanders versteckte Warnung, und jetzt verstand sie. Es gab Tiefen in Zyir, von denen sie keine Ahnung hatte. Sie war hier, gefangen im Herzen des Palastes, im Herzen dieser isolierten Stadt, tief in der Wüste, und der einzige Ausweg war, einen Mann zu verführen, den sie jetzt hasste.

Doch selbst als sich das Wort „Hass" in ihrem Kopf formte, wusste sie, dass sie sich selbst belog. Sie war von dem Moment an von ihm angezogen gewesen, als sie ihn zum ersten Mal gesehen hatte. Und sie war darauf hereingefallen, zu glauben, sie würde den wahren Mann hinter dieser grimmigen Fassade sehen. Aber oh, wie schnell sich das geändert hatte. Verschwunden war dieser charmante, gebildete, warmherzige Mann, und an seiner Stelle stand eine ganz andere Version – beängstigend, kompromisslos und gefährlich – ein Mann, von dem sie wusste, dass er ihr keine zweite Chance geben würde. Ein Mann, der wollte, dass sie mit ihm über Sex sprach.

Sie wandte dem Fenster den Rücken zu und blickte sich in der opulenten, mittelalterlichen Suite um – dunkle, alte Holzbalken, weiß getünchte Steinwände, exquisit verzierte und farbige Fliesen, alles drapiert mit feinster Seide und Wandteppichen. Sie fühlte sich wie ein Vogel, gefangen in einem Käfig aus Luxus und Dekadenz. Ihr Atem beschleunigte sich, als sie versuchte, ein Gefühl der Panik zu unterdrücken. Sie wandte sich erneut den weit geöffneten Fenstern zu und sog die kühle Wüstenluft ein, während sie ihre Stirn gegen die noch warme Steinmauer presste. Sie schloss die Augen. Konnte sie es schaffen? Konnte sie die drei Tage durchhalten?

Sie drehte sich um. Sie *konnte* es schaffen, sagte sie sich streng. Sie konnte immer noch ihre Recherchen durchführen, herausfinden, was sie brauchte, und dann in ihre Welt zurückkehren und den Erfolg erreichen, für den sie so hart gearbeitet hatte. Alles, was sie einkalkulieren musste, war ein bisschen Schauspielerei. Das war alles.

Und ihre Träume schienen keine solche Überzeugungsarbeit zu benötigen. Sie waren voller sinnlicher Berührungen und dunkler Augen, die sie auszogen und mehr... Sie wachte nur einmal in der Nacht auf, keuchend, als stünde sie kurz vor dem Höhepunkt, und sie erinnerte sich daran, wie er in ihren Träumen mit ihr Liebe gemacht hatte. Sie legte sich wieder auf die zerwühlten Laken und fragte sich, ob es überhaupt noch Schauspielerei sein würde.

Am nächsten Morgen wurde sie vom Geräusch der Zofe geweckt, die eine Tasse Kaffee auf den Nachttisch stellte. Sie zog die Laken hoch, um ihre Nacktheit zu bedecken, und setzte sich im Bett auf, wobei sie die Frau misstrauisch musterte.

„Ich hoffe, der Kaffee schmeckt Ihnen, Madam", sagte die Frau in stark akzentuiertem, aber ansonsten perfektem Englisch.

„Danke", sagte sie und nahm einen Schluck Kaffee. Er war gut. Genau wie sie ihn mochte. „Er ist perfekt." Sie trank noch einen Schluck. „Aber er ist nicht traditionell iremisch."

Die Frau lächelte, als sie zurücktrat und dabei den

Blick abwandte. „Nein. Ich wurde angewiesen, ihn so zuzubereiten."

„Und Ihr Englisch..." Sie musste fragen. „Es ist sehr gut. Ich dachte nicht, dass es viel..." Sie zögerte, als sie versuchte, eine höfliche Art zu finden, ihre Frage zu formulieren. „Viel westlichen Einfluss in Ihrer Kultur gibt."

Die Frau hob überrascht eine Augenbraue. „Dachten Sie das nicht? Oh doch, den gibt es. Natürlich ist unsere Kultur traditionell und sehr wichtig für uns. Wir werden nie davon abweichen. Aber unser neuer König möchte, dass wir etwas über fremde Dinge und fremde Sprachen lernen. Er hat eine andere Vision als der alte König."

„Inwiefern unterscheidet er sich?"

„Zu Zeiten des alten Königs erhielten nur Männer Sprachunterricht. Unser neuer König hat das auf alle ausgeweitet." Der Stolz der Frau war offensichtlich. „Bildung ist nicht länger das Privileg der Männer. Nun, Madam, ich zeige Ihnen, was vorgeschlagen wurde, dass Sie heute tragen."

Während sich ihre Zofe im Zimmer bewegte und Gewänder aus dem Kleiderschrank auswählte, als wäre es ihr eigener, konnte Ashley nicht umhin, über die zwei Versionen von Zyir nachzudenken. Einerseits der aufgeklärte König, der Bildung für alle zugänglich machte. Und andererseits der zornige Autokrat, der verlangt hatte, dass sie seinem Harem beitrat und offenbar auch Vorstellungen davon hatte, was sie tragen sollte. Sie konnte die beiden Versionen desselben Mannes nicht in Einklang bringen. Aber sie war informiert worden, dass sie ihn in einer Stunde treffen sollte, um in die Stadt zu gehen. Zweifellos würde sie dann mehr erfahren.

Ashley war zur vereinbarten Zeit bereit. Anscheinend sollten sie und Zyir inkognito gehen. Sie fragte sich, wie inkognito sie umgeben von seinen Wachen sein konnten. Aber zumindest fühlte sie sich anonym hinter den Gewändern, die nicht so schlicht waren, wie sie sich vorgestellt hatte. Sie war kurz davor gewesen, die „Vorschläge" abzulehnen, aber als sie die dunkelblauen Gewänder mit den hellblauen horizontalen Zierbändern sah, stimmte sie zu. Feine Stickereien schmückten die Nähte und den Bereich über dem Saum. Die Gewänder waren sowohl würdevoll als auch schön. Während nicht alle Frauen vollständige Burkas trugen, tat sie es. Ihre helle Haut wäre ein Verräter gewesen. Überall, wo sie bisher hingegangen war, war sie Gegenstand des Interesses gewesen.

Sie hatte nie irgendwelche Feindseligkeit von dieser Nation erlebt, die viel freundlicher war, als die Presse sie glauben ließ. Ihr wurde klar, dass immer dann, wenn es ein Vakuum an Informationen gab, sensationelle Vermutungen diesen Raum füllen würden. Die Menschen von Irem erwiesen sich als freundlich und betrachteten nichts außerhalb ihrer selbst mit Argwohn, sondern mit Interesse. Und sie waren auch gebildet. Sie vermutete, dass die Einwohner, besonders die jüngeren und gebildeteren, die vom Regime des neuen Königs profitieren konnten, weit mehr über die Welt wussten als die Welt über sie. Allerdings war klar, dass der König von Irem kein ungebührliches Interesse auf sich ziehen wollte, während sie heute durch die Stadt liefen.

Während sie darauf wartete, dass der König erschien, sah sie sich die dekorierten Wände, Decken und den Boden an. Es war prunkvoll wie eine Schmuckschatulle, und sie wünschte, sie hätte ihr Handy dabei, um ein paar Fotos zu machen. Aber das war ihr bei der Ankunft abgenommen worden. Irem mochte freundlich sein, aber der Griff, den der König auf Informationen hatte, war fest. Doch wenn sie sein Spiel mitspielte, könnte sie vielleicht alles bekommen, was sie wollte – Informationen und Fotos für ihr Buch, sowie ihre Würde. Sie war in diesem Moment zuversichtlicher bezüglich der Informationen und Fotos als ihrer Würde.

„Dr. Maitland!" Ashley drehte sich um und sah Zyir allein dastehen, die Hände in die Hüften gestemmt. Kein Wächter in Sicht. Sie hatte ihn nicht hereinkommen hören. „Wenn Sie mit dem Starren ins Leere fertig sind, könnten wir vielleicht fortfahren."

Sie presste ihre Lippen zusammen, um sich davon abzuhalten, ihm eine schroffe Erwiderung entgegenzuschleudern, und begnügte sich stattdessen mit einem finsteren Blick. Es musste gewirkt haben, denn er sah als Erster weg, als hätte ihn etwas überrascht. Er trat beiseite. „Gehen wir?"

Sie nickte und ging durch die Tür.

Sie liefen schweigend durch Gänge, in denen sie noch nie gewesen war. Schließlich kamen sie zu einer kleinen, unauffälligen Tür, die er mit einem alten Schlüssel aufschloss, und sie traten nach draußen, sofort von der Geschäftigkeit der staubigen Straße umgeben.

Er nickte hinter sie. „Die Große Moschee."

Sie drehte sich um. Wenig von Irem war nach außen gedrungen, aber alte Bilder der Moschee hatte es gegeben. Sie hatte sie am Tag zuvor kurz gesehen, aber aus diesem Blickwinkel, so nah, traf sie ihre Pracht erneut.

Sie musste den Blick zum Himmel erheben, um ihre

Kuppel zu sehen, die wie ein Juwel am blauen Himmel glitzerte. Sie vergaß, wo sie war, mit wem sie hier war, hingerissen von ihrer Pracht. „Sie ist... sie ist..." Sie suchte nach einem Wort, um es zu beschreiben.

„Unvergleichlich, das ist sie", sagte Zyir.

„Ja. In all meinen Studien habe ich nie etwas gesehen oder von etwas gehört, das dem gleichkommen könnte. Die Minarette..." Sie verstummte, als sie die beiden hochragenden Minarette betrachtete, die zu beiden Seiten des Eingangs zur Moschee standen. Sie waren von oben bis unten mit Kacheln in allen Schattierungen verziert, aber vorwiegend in Blau. Es schien, als ob die Beduinen – damals wie heute – Blau verehrten, die Farbe ihres Himmels, aber auch die Farbe von etwas noch Wunderbarerem für sie, die Farbe des Meeres.

„Es ist mehr, als du dir vorgestellt hast." Sie sah ihn an und bemerkte, dass sein Gesicht weicher geworden war und die Person offenbarte, die sie zuerst in ihm zu sehen geglaubt hatte. Dann war es wieder verschwunden, und er schüttelte den Kopf. „Die Arroganz des Westens, anzunehmen, nichts übertreffe eure eigene Zivilisation."

„Nein, da irrst du dich. Zumindest in meinem Fall. Ich bin nicht arrogant."

„Vielleicht nicht. Vielleicht bist du einfach nur unwissend. Ich werde mich bemühen, das zu beheben."

Er bedeutete ihr, voranzugehen, und während sie durch das mächtige Portal mit den glitzernden Minaretten zu beiden Seiten schritten, dachte Ashley über seine Worte nach. Er hatte beim ersten Mal Recht gehabt. Denn nicht nur hatte sie sich solche Schönheit nicht vorgestellt, sie hatte auch nicht gedacht, dass die Männer in seinem Land so ritterlich sein würden, etwas, das andere Länder in Arabien nicht gemeinsam hatten.

Allein der Anblick von Ashley, wie sie mit diesem durchdringenden Blick die alten Schnitzereien auf einer Säule betrachtete, brachte ihren Geist und Körper in Aufruhr. Die Anziehungskraft war da, wie sie von Anfang an gewesen war - so stark wie eh und je -, aber jetzt war sie aufgewühlt und aufgewühlt wie ein stürmischer Wind über den Wüstendünen bei dem Gedanken, dass Ashley sein Land der Welt wie ein Ausstellungsstück in einem Museum präsentieren wollte.

Er hatte vor, ihr eine kurze Führung durch die Moschee zu geben, sie auf die Höhepunkte hinzuweisen und sie zu zwingen, seine Schönheit zu sehen. Er wollte sie zur Rede stellen. Aber stattdessen schien er derjenige zu sein, der zur Rede gestellt wurde. Denn jedes Mal, wenn er vorausging und die wichtigsten Punkte eines Merkmals aufzählte, sah er sich um und entdeckte, dass Ashley noch an der vorherigen Stelle war, ihre Hand eine Kachel streichelte, ihr Blick deren komplizierte Verzierung liebkoste. Er hatte Notizen und intellektuelle Wertschätzung erwartet – er bekam eine *instinktive* Wertschätzung, eine emotionale, die völlig unerwartet war.

Schließlich würde sie den Kopf drehen, seinen Blick auffangen und zu ihm eilen. Sie hielt Abstand zu ihm, und dafür war er dankbar. Es war schon schwer genug, sich an das Drehbuch zu halten, ohne ihre Anwesenheit neben ihm, ohne dass ihr Duft ihn erfüllte. Selbst in den traditionellen Gewändern, auf die er bestanden hatte, war sie wunderschön. Die Art, wie sie sich hielt, mit geradem Blick und zurückgenommenen Schultern, als sei sie bereit, allem, was kommen mochte, die Stirn zu bieten. Das gefiel ihm. Und ihre Augen... Dieses tiefe Blau, das ihn ins Herz traf. Sie sah ihn jetzt an, ihre Augen fragend, ihre Lippen schlossen sich, nachdem sie gesprochen hatte. Er riss sich zusammen. Was hatte er verpasst?

„Entschuldigung?", fragte er.

„Wohin führt diese Treppe?", wiederholte sie.

„Ah." Er räusperte sich, verärgert über sich selbst, weil er die Konzentration verloren hatte, und blickte über den Hof, in dem sie standen, zu der Treppe, die sich geheimnisvoll in einer Ecke erhob. „Das werde ich dir später zeigen. Zuerst möchte ich dir den *Shabestan* zeigen, das Herz der Gebetshalle." Ohne auf sie zu warten, schritt er in die Mitte des Hofes, über dem sich gemauerte Gewölbebögen erhoben.

„Es ist wunderschön." Sie sah sich um. Es war ruhig zu dieser Tageszeit, und sie nahm sich Zeit, um die geschwungenen Bögen in sich aufzunehmen, die das zentrale Becken umrahmten und halfen, die kühle, angenehme Atmosphäre zu schaffen. Die Deckenkuppel ragte hoch oben in den Windturm. Sie wandte sich ihm mit großen Augen zu. „Und so kühl. Hat es einen *Qanat* und einen Windturm?"

„In der Tat." Er nickte anerkennend. Sie kannte sich aus. „Die heiße Luft von draußen wird tief in den Boden gezogen, wo sie sowohl durch Wasser als auch durch die Tunnelwände gekühlt wird. Gleichzeitig wird die warme Luft von innen durch den Windturm nach oben gezogen und durch eine Öffnung entgegengesetzt zur Windrichtung ausgestoßen –"

„Was den niedrigeren Druck erzeugt, der die kühle Luft aus dem Untergrund nach oben und in die Kammer zieht. Ja, ich habe sie studiert. Erfunden mindestens 3.000 Jahre vor unseren modernen Belüftungssystemen. Raffiniert, effektiv und" – sie reckte den Hals, um den Windturm hinaufzuschauen – „lautlos und wunderschön."

Er hätte seinen Blick nicht von ihr abwenden können, selbst wenn er es gewollt hätte. Ihre Lippen verweilten noch auf dem letzten Wort, und er konnte nicht umhin zu denken, wie sehr es auch auf sie zutraf. Ihre Lippen waren voll, geöffnet, und ihre Zunge fuhr über die Mitte ihrer Unterlippe, während sie konzentriert die Feinheiten der Dekoration betrachtete. Wie gerne wäre er das Objekt einer solch ungeteilten Aufmerksamkeit gewesen. Sie hatte den geschulten Verstand einer Akademikerin, fähig, alles auszublenden, was sie von ihrem Ziel ablenkte. Glücklicherweise für ihn würde er heute Abend ihr Ziel sein.

Plötzlich sah sie ihn an und erwischte ihn unvorbereitet. „Findest du nicht auch?", fragte sie.

Er räusperte sich und schaute umher, auf alles, nur nicht auf sie. Er hatte das Gefühl, dass diese Augen direkt in seinen Verstand und seine Seele blicken und alles dort aufdecken würden. „Natürlich. Es ist ein Weltwunder, mit dem sich im Westen nur wenige beschäftigen."

„Ich tue es", hauchte sie mit ihrer tiefen, rauen Stimme, die über seine Haut strich und seine Haare aufstellte, als würde sie ihn mit ihren Fingern liebkosen. Er musste sich zusammenreißen.

„Ja, ich weiß", sagte er. Er zwang sich, sie anzusehen, und wappnete sich gegen den Angriff ihrer Augen. „Und du bist eine der wenigen."

„Jetzt vielleicht, aber das kann sich alles ändern."

„Und wie genau soll sich das ändern, wenn-"

„Wenn-“

„*Falls*“, betonte er, „du ein Buch über Harems veröffentlichst. Die alten Stereotypen über mein Land werden weiter verbreitet.“

„Nicht unbedingt. Das hängt davon ab, was ich während meiner Recherche entdecke.“

Er hob skeptisch eine Augenbraue. Sie musste wissen, dass er sich nicht täuschen ließ. „Du hast drei Tage. Glaubst du wirklich, du wirst deine Meinung ändern?“

„Du gehst davon aus, dass ich mir bereits eine Meinung gebildet habe. Da irrst du dich.“ Sie wandte ihm mit einem Rascheln ihrer Gewänder den Rücken zu und ging zum quadratischen Becken in der Mitte des Raumes. Ihr Spiegelbild gesellte sich zu dem der Fliesen, die über ihr funkelten und flackerten, als die kühlende Brise durch den Raum zog und das Wasser leicht kräuselte. So aufgewühlt, wie er sie gemacht hatte. Ihm wurde klar, dass sie Recht hatte. Er wusste, dass sie den Verstand einer Akademikerin hatte, also war es falsch anzunehmen, sie wäre nicht offen für Ideen oder Informationen. Und dennoch hatte er ihr kaum Informationen gegeben.

Er ging zu ihr hinüber und erlaubte sich, näher zu kommen. Er wollte ihre Reaktion sehen. Er war erfreut zu sehen, wie ihre Augen dunkler wurden, als sie aufblickte. Sie war sich seiner körperlich genauso bewusst wie er sich ihrer. Der heutige Abend würde interessant werden.

„Du hast Recht.“ Sie würde nie erfahren, wie viel es ihn gekostet hatte, das zuzugeben. Es war selten, dass er zugab, falsch zu liegen. Zum Teil, weil er so selten falsch lag. „Unsere Große Bibliothek ist in der Nähe. Vielleicht möchtest du als Nächstes dorthin gehen?“

Das Dunkel in ihren Augen verwandelte sich augenblicklich. Es war, als wäre die Sonne hinter einer dunklen, gewitterschwarzen Wolke hervorgekommen. Die Wirkung war verwandelnd – nicht zuletzt für ihn.

Er trat zur Seite und ließ ihr den Vortritt durch den Ausgang und aus der Moschee hinaus. Es war ungewöhnlich, aber es sah nicht so aus, als würde in den nächsten Tagen viel „gewöhnlich" sein.

Der Tag verging zu schnell, und die Nacht war bereits wie ein Vorhang über das exotische Land gefallen. Genauso wie ihr Herrscher, dachte Ashley, als sie aus dem Fenster blickte, wo die Lehmgebäude unter dem indigoblauen plötzlichen Dämmerlicht weicher wurden, schien Irem entweder dunkel oder hell zu sein. Es schien, als gäbe es weder für das Land noch für den Mann Raum für Zwischentöne.

Aber vielleicht würde sie eine andere Seite des Mannes entdecken, so wie sie es an jenem ersten Tag getan hatte. Der Gedanke war sowohl beunruhigend als auch verführerisch. Sie errötete, als sie sich vorstellte, was vor ihr lag. Sie hatte ihr Bestes getan, um sich auf akademische Weise auf die bevorstehende Nacht im Harem vorzubereiten – sie hatte die Papiere und Bücher des Palastes zu dem Thema verschlungen –, ohne sich mit deren praktischer Anwendung zu befassen. Aber sie hatte nicht genug getan, das wusste sie. Denn sie war zu leicht abgelenkt worden.

Es war einfach genug gewesen, *nicht* an den Harem zu denken, weil die Papiere und Bücher, die sie in der Stadtbibliothek neben dem Palast ausgegraben hatte, faszinierend waren. Sie hatte sich eingeredet, dass die Vorbereitung auf die bevorstehende Nacht warten konnte, weil sie nur drei Tage und drei Nächte Zeit hatte, um die in der Bibliothek verborgenen Schätze zu studieren, bevor sie abreisen musste. Es war ein frustrierender Gedanke, denn sie würde eine Ewigkeit brauchen, um der reichen Forschungsader, auf die sie gestoßen war – sowohl über den Harem als auch über die historische Architektur und Kultur der Stadt –, gerecht zu werden, aber drei Tage sollten ihr genug Material liefern, um in ihrer Karriere voranzukommen. Es *musste* genug sein, denn der Preis für einen längeren Aufenthalt war zu hoch.

Sie stand auf und rollte ihre Schultern, die nach einem Nachmittag über den verzierten Manuskripten mit ihrer ordentlichen, aber kleinen Schrift steif geworden waren. Sie hatte viel aus den Bildern und Geschichten gelernt, die sie über die Frauen entdeckt hatte, die über die Jahrhunderte hinweg im Harem gelebt hatten. Sogar bis hin zum Vater des jetzigen Scheichs, der mehrere Frauen und Kinder hatte, die im Harem lebten. Das Problem war, dass das, was sie gefunden hatte, nicht anzüglich war. Das Einzige, was sie Sexy entdeckt hatte, war eine handgeschriebene Reihe von Kurzgeschichten über Verführung, geschrieben von der Mutter des jetzigen Scheichs. Sie lächelte in sich hinein. Sie bezweifelte, dass selbst Zyir von deren Existenz wusste. Sie war zusammen mit verschiedenen anderen Werken in die Bücherregale gestellt worden. Merkwürdig war, dass die Verführungsgeschichten nichts von der Sanftmut enthielten, die

Ashley erwartet hatte. Stattdessen offenbarten sie eine Macht, die Ashley in Bezug auf einen Harem nie in Betracht gezogen hatte. Es schien, dass starke Frauen überall zu finden waren – selbst in der Vergangenheit, selbst in einem Harem.

Und dann fiel es ihr ein. Vielleicht wusste sie nicht, was sie mit eigenen Worten sagen sollte, aber sie konnte die Worte eines anderen benutzen. Nicht die Worte der Menschen, die sie den ganzen Tag gelesen hatte, sondern die Worte eines Dichters. Niemand konnte Liebe und Verführung besser ausdrücken als der persische Dichter Rumi. Sie hatte nur ein paar Stunden Zeit, um die Gedichte auswendig zu lernen, denen sie an der Universität begegnet war, ein paar Stunden, um die Zeilen herauszufiltern, die die Anforderungen des Königs an die Verführung erfüllen würden. Und die auch ihre Anforderung erfüllen würden, *nicht* verführt zu werden.

Ashley ging durch die dunklen Korridore, begleitet vom allgegenwärtigen Geräusch des Wassers. Sanftes Plätschern kam von den Brunnen und zwischen den Gärten. Es war präsent im Rieseln des Wassers, das seinen Weg in den schmalen Rinnen von einem Garten zum nächsten fand und den gesamten Wüstenpalast mit jener Kostbarkeit verband und durchzog, die Westler nicht mit der Wüste in Verbindung brachten. Aber offenbar waren die Quellen tief und beständig, weit unter der Stadt, und durchaus in der Lage, die Stadt Irem zu erhalten.

Die Gärten wurden üppiger, je weiter sie von den äußeren Flügeln des Palastes immer tiefer in das uralte Zentrum – den Harem – vordrang. Die Blumen mit ihren üppigen Blütenblättern und durchdringenden Düften wurden immer verführerischer, je weiter sie sich vorwagte. Sie zwang sich, weiterzugehen. Aber als sie vor dem fabelhaft geschnitzten Steineingang des Harems stand, wo Jahrhunderte zuvor Eunuchen Wache gehalten hätten, spürte sie, wie ihr Mut schwankte.

Sie strich mit den Händen über das durchsichtige Seidenkleid, das sie aus den für sie geöffneten Kleiderschränken ausgewählt hatte. Wem auch immer die Kleider einst gehört hatten, sie waren zum Verführen entworfen worden. Der Stoff war feinste Seide, die Farben so leuchtend wie der Schmuck, mit dem er verziert war, und der Schnitt überließ nichts der Fantasie. Aber dann, dachte sie und atmete tief ein, um ihre Nerven zu beruhigen, musste sie es König Zyir so einfach wie möglich machen, verführt zu werden. Nur so wäre ihre Zukunft gesichert. Er hatte versprochen, sie nicht anzufassen, es sei denn, sie wollte es, was bedeutete, dass sie nur dafür sorgen musste, dass sie es nicht wollte. Das war die einzige Gefahr.

Sie hob den Kopf, entschlossen, die Art und Weise zu ignorieren, wie die halbtransparente Seide an ihren Brüsten klebte, und stieß die schweren Türen auf. Ihre mangelnde Benutzung war offensichtlich am Knarren der Scharniere und den Staubpartikeln, die in den Strahlen der untergehenden Sonne, die sich über den Raum erstreckten, aufblühten.

Sie sah Zyir sofort. Er stand mit dem Rücken zur untergehenden Sonne, deren Strahlen von allen Seiten um ihn herum ausstrahlten und ihn noch mächtiger erscheinen ließen, als er ohnehin schon war. Sie fragte sich, ob er absichtlich dort stand.

„Du kommst zu spät", sagte er. „Ich hatte erwartet, dass du hier bist, wenn ich ankomme." Er runzelte die Stirn und setzte sich auf das, was wie ein Thron aussah. Also war das der Ort, an dem der Scheich gesessen haben musste, um seine Frauen zu empfangen. Lass das Schauspiel beginnen, dachte sie, als sie sich dorthin bewegte, wo er ihr bedeutete, vor dem Fenster, und sich tief verbeugte.

„Ich bitte um Verzeihung, Eure Hoheit", sagte sie mit einer Stimme, die so demütig klang, wie sie es nur hinbekam. Das Problem war, dass sie sogar noch heiserer klang als gewöhnlich, aber dagegen konnte sie wenig tun. „Ich habe mich auf Euren Besuch vorbereitet und Eure Bedürfnisse vorweggenommen." Sie blickte unter gesenkten Wimpern zu ihm auf, und der Ausdruck in seinen Augen veränderte sich, wurde heißer und intensiver, als ob ein Feuer geschürt worden wäre. Es schien, als hätte sie die Macht der Worte, zu entflammen, nicht unterschätzt.

„Auf welche Weise?", fragte er und lehnte sich zurück.

„Zunächst in meiner Kleidung. Ich hoffe, sie findet Ihre Zustimmung." Sie öffnete ihre Arme, sodass der durchsichtige Stoff herabfiel und im Luftzug vom Fenster flatterte. Zu spät wurde ihr bewusst, dass das letzte Sonnenlicht hinter ihr ihr Kleid noch transparenter und ihren Körper für seine Augen noch sichtbarer machen würde. Sie wollte sich bewegen, aber er schüttelte den Kopf.

„Ich wünsche, dass du bleibst, wo du bist."

Sie wusste warum. Aber war das nicht der Grund, warum sie hier war? Sie spannte sich unter seiner prüfenden Musterung an, war aber erfreut zu sehen, wie er sich an der Lippe rieb, als wäre er beunruhigt. Das Kleid wirkte. Es gab ihr das Selbstvertrauen weiterzumachen. Sie drehte sich um sich selbst und genoss die offensichtliche Bewunderung, die sie in seinen Augen sah, als sie sich nicht einmal, sondern zweimal drehte, wobei der Stoff in einem Nebel aus Orange und Rot um sie herumwirbelte und schwebte. Sie genoss das Gefühl der Luft auf ihrer Haut, ungehindert von jeglicher anderen Kleidung, und den weichen Teppich unter ihren nackten Füßen.

Sie wandte sich ihm wieder zu und ließ ihre Arme sinken. „Wie Sie sehen können, habe ich Ihren Befehl befolgt, Eure Hoheit." Sie senkte erneut ihren Blick. Es war ein Schauspiel, aber irgendwie genoss sie es und begann, die ihr zugewiesene Rolle anzunehmen. Vergnügen glitt über ihre Haut, hervorgerufen durch seinen intensiven Blick, so stark wie die kühlende Brise.

„Ja, das kann ich sehen." Sie war sich sicher, dass er es konnte. Seine Augen wanderten über ihren Körper und für einen Moment fühlte sie sich sowohl erregt als auch verängstigt und vor allem verwirrt. Sie sah sich nach einem Ausweg um und erblickte die offene Tür zum Garten.

„Hast du vor zu fliehen?", fragte er.

Sie richtete ihren Blick ruckartig wieder auf ihn. Er verschlang sie mit seinen Augen. Sie hätte wegrennen sollen, aber ihre Ängste wurden von einem überwältigenden Bewusstsein ihrer eigenen Sinnlichkeit und den Bedürfnissen ihres Körpers, die auf seinen Blick reagierten, verdrängt.

„Nein. Sie haben mir befohlen, hier zu sein, und hier bin ich. Ich würde nicht im Traum daran denken, Ihrem Befehl zu widersprechen."

Seine einzige Antwort war ein Verengen seiner Augen. Es gefiel ihr, dass er unsicher war. „Ist das so?" Er klang, als wüsste er, dass dem nicht so war.

Sie setzte sich auf das Kissen ihm gegenüber und war

sich bewusst, dass sich ihr Kleid auf eine enthüllende Weise legte und ihr Dekolleté und die Form ihrer Brüste zur Schau stellte.

Sie hielt ihre Augen gesenkt, damit sie leichter weiterspielen konnte. „Sie haben natürlich recht. Ich könnte davon träumen, Ihnen zu widersprechen." Sie blickte in seine Augen. „Aber ich würde es nie in die Tat umsetzen. Sie sind hier in Irem König und absoluter Herrscher. Wenn ich Ihrem Befehl nicht gehorchen würde, dürfte ich nicht bleiben."

Er nickte widerwillig zustimmend. Seine Augen funkelten, und sie fragte sich, warum. Es dauerte nicht lange, bis sie ihre Antwort bekam. „Und wovon träumst du noch?"

„Ich träume von vielen Dingen. Aber, Eure Hoheit, es sind die Worte jenes Meisters der Poesie, Rumi, mit denen ich beabsichtige, Sie anzusprechen."

Er winkte ab. „Es sind *deine* Worte, die ich jetzt hören möchte. Du kannst später Rumi rezitieren, wenn du möchtest. Sag mir, wovon träumst du?"

Ihr erster Instinkt war, ihm zu sagen, wo er hingehen sollte, aber das wäre das Ende ihres Aufenthalts hier gewesen, das Ende ihrer Träume von einer sicheren Zukunft. Sie war hier, um ihn mit ihren Worten zu verführen, und es sah so aus, als wollte er ihre eigenen Worte hören. Aber wie konnte sie ihm von ihren Tagträumen erzählen? Sie hatte ihre Sinnlichkeit schon lange auf ihre Träume beschränkt. Es war sicherer so.

Er seufzte. „Du kannst damit beginnen, mir zu sagen, *wann* du träumst – tags oder nachts?"

Er machte es ihr ein wenig leichter. Sie konnte am Anfang beginnen.

„Ich habe tagsüber keine Zeit zum Träumen. Ich bin beschäftigt – lese, arbeite, reise – immer beschäftigt."

Er nickte und lehnte sich in seinem Stuhl zurück, den Finger gegen die Lippen gedrückt, als würde er ihre Worte überdenken. Sie wollte nicht, dass er die Dinge zu tief überlegte, sonst könnte sie in Gefahr geraten, dass er sie kannte. Und Wissen war Macht.

„Es ist nachts, wenn ich träume", sagte sie schnell und wollte es hinter sich bringen. Vielleicht würde er zufrieden sein und ihr erlauben, Gedichte zu rezitieren, je mehr sie ihm gab. „Wenn ich nicht schlafen kann, liege ich still, schließe meine Augen und denke an verschiedene Dinge."

Die kurze Stille wurde nur durch das Klopfen am Fenster gefüllt, von einer kräftigen Rebe, deren Blätter im Wind zuckten.

„Welche Dinge?"

Sie zuckte mit den Schultern und wollte ihn ein wenig necken. „Schafe. Schafe zählen, solche Sachen."

Seine Augen verengten sich gefährlich. Es war klar, dass er nicht für Humor hier war oder um geneckt zu werden. „Welche Dinge?", knurrte er.

„Es kommt darauf an", sagte sie.

„Worauf?"

„Wie ich mich fühle." Sie leckte sich über die Lippen, als sie über die Dinge nachdachte, die sie wach hielten. Sie war keine promiskuitive Frau, trotz eines gesunden Sexualtriebs. Sie wollte ihre Macht nicht an einen Mann abgeben, der ihr wehtun könnte, ihr Selbstwertgefühl, ihre Karriere, ihre Freundschaften, ihr Leben beschädigen könnte. Sie musste stark sein, sie musste ihm etwas von dem geben, von dem sie wusste, dass er es wollte. Es waren nur Worte, erinnerte sie sich. „Manchmal, wenn ich ins Bett gehe, ist mein Geist müde vom Arbeiten, aber mein Körper ist" – sie zuckte mit den Schultern – *„nicht* müde. Er will mehr. Mein Körper verlangt mehr von mir."

„Und gibst du ihm mehr?"

Ein einfaches Nicken genügte. Es reichte aus, um seine Augen vor Verlangen zu verdunkeln.

„Also..." Die Pause dehnte sich aus und umfasste Visionen dessen, was sie in der Privatsphäre ihres Bettes tat. „Und wovon träumst du, während du dich selbst befriedigst?"

Träume? Sie träumte von Dingen, die sie im wirklichen Leben nie zugeben würde - verrückte Dinge, ihren Körper auf eine Weise zu benutzen, die ihr maximale Befriedigung verschaffte, und von Männern auf eine Weise benutzt zu werden, der sie sich im kalten Licht des Tages nie unterwerfen würde. Sie musste das Thema wechseln. Sie weigerte sich, die Grenze zwischen Fantasie und Realität auf einer so persönlichen Ebene zu überschreiten. Sie musste seine Frage beantworten, das hatte sie akzeptiert, aber sie würde ihm nicht sagen, was er wissen wollte. Sie musste das Gespräch in die richtige Richtung lenken.

Sie räusperte sich. „Vielleicht kann ich meine Träume in der Nacht besser mit den Worten des persischen Dichters Rumi beschreiben, der eine Meisterschaft der Worte besitzt, die ich als Frau" – sie warf ihm einen weiteren dunklen Blick zu, der ihre Worte negierte – „mir nicht vorstellen kann zu übertreffen."

Er nickte ihr zu, fortzufahren.

Sie wiederholte sie in ihrem Kopf. Sie wollte nicht ins Stocken geraten oder die Poesie ruinieren.

„Nachts vor dem Schlafen ziehst du die engen Schuhe aus, und deine Seele entlässt sich an einen Ort, den sie kennt. Träume gleiten tiefer."

„Träume gleiten tiefer", wiederholte er. „Und wohin führen dich deine Träume?"

Verdammt. Er ließ sich nicht ablenken. Sie musste ihm etwas geben. Schließlich hatte sie dieser Methode der Verführung zugestimmt.

„An einen Ort, wo ich die Forderungen meines Körpers befriedigen kann, wo Männer da sind, um mir Lust zu bereiten."

„Männer? Plural?", fragte er mit hochgezogener Augenbraue.

„Es ist eine Fantasie, Eure Hoheit."

„Und deine Fantasie beinhaltet..."

„Sex."

„Wirst du penetriert?"

Sie blinzelte. Es war ein seltsam unerotisches Wort. „Ja."

„Und bist du bekleidet?"

„Manchmal ja, manchmal nein."

„Geschieht dies in der Öffentlichkeit oder im Privaten?"

„Öffentlich", murmelte sie.

„Entschuldigung, ich habe dich nicht gehört." Sie wettete, dass er es doch hatte.

Sie holte tief Luft. „In der Öffentlichkeit, wo Menschen beobachten können, wie der Mann immer wieder in mich eindringt und seinen Samen tief in mir ergießt, was mich zu einem Orgasmus treibt, der mich oft aufweckt." Die Worte sprudelten aus ihr heraus. Sie hoffte, dass sie durch diese Offenbarung das Thema wechseln könnten. Unglücklicherweise weckten die Worte in ihr selbst ein Verlangen. Sie war feucht zwischen den Beinen und pulsierte vor Erregung, die die Erinnerungen an ihre Fantasien in ihr weckten.

Er schwieg für einige Minuten. Es schien, als hätte sie ihm auch etwas zum Nachdenken gegeben. Dann winkte er sie näher zu sich heran.

„Euer Hoheit?", fragte sie und hoffte, dass er nicht im Begriff war, sein Versprechen bezüglich des Sexes zu brechen.

„Komm näher. Ich möchte, dass du vor mir stehst. Ganz nah."

„Und das ist alles?"

„Nein, ich möchte deine Hand halten."

„Aber die Poesie-"

Er winkte ab und unterbrach sie. „Du kannst morgen Abend etwas Poesie vortragen. Aber jetzt bin ich nicht in der Stimmung dafür."

„Wonach ist dir denn?", musste sie wissen.

„Komm näher und ich zeige es dir."

Sie tat, wie ihr geheißen, und trat so nah an ihn heran, dass sie nur ihre Hände auf beiden Seiten des Stuhls hätte platzieren müssen, um sich vorzubeugen und diese Lippen zu küssen, an die zu denken sie den größten Teil des Tages versucht hatte zu vermeiden. Stattdessen senkte sie ihren Blick. So war es einfacher, wurde ihr klar. Sie konnte ihre Gedanken verbergen.

„Und was würdest du mir zeigen, mein Sheikh?"

Er streckte die Hand nach ihr aus und hob ihr Kinn, sodass sich ihre Blicke zum ersten Mal an diesem Abend trafen. „Ich dachte, ich würde dir Dinge beibringen, Ashley. Aber es scheint, du lehrst mich auch." Er fuhr mit seinem Finger unter ihrem Kinn entlang, glitt hinunter zur Vertiefung an der Basis ihres Halses. Dann blickte er auf und traf ihren Blick. „Ich habe gelernt, dass ich es nicht mag, einen abgewandten Blick zu sehen."

Er bewegte seinen Finger nicht, sondern ließ ihn unter ihrem Kinn. Es fühlte sich an, als wäre seine Berührung das Zentrum ihres Seins, als würden alle Punkte ihres Körpers von ihm ausstrahlen. Es erschütterte sie zutiefst, dass eine so simple Berührung diese Wirkung haben konnte. Warum? Hatte ihre Geschichte, die darauf ausgelegt war, den Mann zu verführen, auch sie selbst verführt? Sie wusste, dass es so war. Es gab keine Möglichkeit, die Beweise zu leugnen. Ihr Geschlecht fühlte sich geschwollen an, als wolle es, dass er seinen Finger dorthin legte, anstatt an ihr Kinn, und ihre Brüste verrieten sie. Sie folgte seinem Blick hinunter zu dem durchsichtigen Oberteil, das sie trug, wo ihre verhärteten Brustwarzen durch den dünnen Stoff stachen, gegen den sich ihre vollen Brüste drängten.

Sie fragte sich, ob er sie hier und jetzt nehmen würde, und sie wusste, dass sie, wenn er es täte, nichts tun würde, um es zu verhindern. Nicht weil sie keine Macht dazu hätte, sondern weil sie keine Neigung verspürte, ihn aufzuhalten. Jeder Teil von ihr sehnte sich danach, dass er sie zu der Seinen machte.

Sie wusste, dass er das wusste, weil sie es in seinen Augen sah.

„Gib mir deine Hand."

Sie schluckte, hob aber, seinen Blick immer noch haltend, ihre Hand. Er strich mit seinen Fingern über ihren Handrücken, ergriff sie dann und drückte ihre Hand gegen ihren Bauch zurück. Sein Blick forderte sie heraus, aber es gab nichts, was sie tun konnte. Sie war schockiert von der Hitze ihrer Handfläche, die gegen ihren Bauch gepresst wurde, dort gehalten von seinem festen Griff. Immer noch ihren Blick beobachtend, schob er ihre Hand tiefer, bis sie fest gegen ihr Geschlecht drückte. Er krümmte seine Finger, formte ihre eigenen zur Form ihres Geschlechts. Sie zuckte unwillkürlich zusammen, als der Druck ihrer vereinten Hände auf ihre Klitoris traf, ihre Hüften stießen diesem Druck entgegen.

Eine Hitzewelle durchflutete ihren Körper und Feuchtigkeit durchtränkte den feinen Stoff, durch den ihre vereinten Hände gegen ihr Geschlecht drückten.

„Jetzt", sagte er, seine Stimme rau vor Lust. „*Zeig* mir, was du tust, um dich selbst zu befriedigen."

Sie hätte ablehnen können. Sie wusste, dass sie es konnte, und doch wollte sie es nicht. Es war eine sexuelle Fantasie, die sie sich nie zuvor vorgestellt hatte, aber es war eine, die sie hier und jetzt ausleben konnte, um dann in wenigen Tagen von diesem Mann und diesem Land zu verschwinden, um beide nie wiederzusehen.

Sie leckte sich über die Lippen, während sich ihr Atem beschleunigte. Sie bewegte ihre Finger und fand die Stellen, die sie erregten. Seine Finger folgten ihren Bewegungen. Er bereitete ihr Lust und hielt sich dennoch an sein Wort, sie nicht zu berühren. Es war atemberaubend aufregend.

Sie drängte ihre Hüften gegen ihre Hände, zunächst langsam, aber mit zunehmendem Rhythmus, als zuerst ein Finger in sie eindrang, gefolgt von einem zweiten. Ihre Gesichter waren nah beieinander, aber er versuchte nicht, sie zu küssen, beobachtete sie nur, während die Lust zunahm und alle Gedanken unter der Ekstase ihres

Körpers verschwanden. Ihr Atem wurde unregelmäßig, als sie am Rande des Orgasmus balancierte. Eine leichte Kontraktion seiner Hand reichte aus, um ihre eigene Hand über die Schwelle zur Glückseligkeit der Erlösung zu bringen. Sie schrie auf, als ihr Inneres vor Vergnügen vibrierte und ihre Hände und Füße von den intensiven Empfindungen kribbelten, die immer noch von diesem einen Punkt ausströmten - nicht ihre Hand, sondern seine auf sie fixierten Augen.

Wenn er ihre Hand nicht losgelassen und sie gestützt hätte, wäre sie durch das entleerende Gefühl der Schwäche, das über sie hinwegfloss, gefallen. Er stand auf, und sie fiel für einige Momente gegen ihn, bis sich ihr Atem beruhigt hatte. Er roch intensiv sexy, aber als sie ihre Lippen näher an seinen Hals brachte, bewegte er sich weg.

Er hielt sie für einige Momente an den Armen fest, bis sie aufrechter stand. Und dann trat er zurück. Sie konnte es kaum glauben.

„Gute Nacht, Ashley."

Ohne eine weitere Berührung, einen Kuss oder ein Wort ging er zur Tür und ließ sie fassungslos zurück. Als sich die Tür hinter ihm schloss, drehte sie sich um und blickte sich um, ohne die Schönheit der verzierten Wände, die juwelenartigen Farben in den gewebten Teppichen oder das beruhigende Wasser des Brunnens zu sehen. Nein, alles, was sie fühlen konnte, war, dass Zyir sie an das Ende einer langen Leine gehakt und sie herangezogen hatte. Aber in dem Moment, als er sie hätte haben können, warf er sie wieder weg. Doch er würde wiederkommen. Sie hatte morgen Nacht und die Nacht danach. Und beim nächsten Mal würde sie sicherstellen, dass sie bekam, was sie wollte - ihre Fantasien, die Wirklichkeit wurden. Mit oder ohne Poesie.

Zyir ging fort, seinen Kopf voller Gedanken an Ashley. Er wusste, dass er sie dort und dann hätte nehmen können. Er hielt am Eingang zu seinen eigenen Gemächern inne und stellte sich vor, was er mit diesem üppigen nackten Körper anstellen könnte. Es hatte all seine Kraft gekostet wegzugehen, aber er musste ihr zeigen, wer die Kontrolle hatte, wer hier Gehorsam fand.

Er zog die Tür hinter sich zu und schloss die Augen. Er stellte sie sich vor, wie sie vor ihm stand, alles andere als unterwürfig. Es war in jedem Zentimeter ihres Körpers, in jedem Teil ihres klugen Gehirns und vor allem in ihrem reinen, liebevollen Geist. Er hatte die ersten beiden verstanden, ihren Körper und ihren Geist, aber er hatte keine Ahnung, dass ihre verführerischen Worte das Herz der Frau offenbaren würden. Und das war das Verführerischste von allem. Und das, wovor er am liebsten die Flucht ergriffen hätte. Mit Sex konnte er gut umgehen, aber Liebe? Das war etwas ganz anderes. Auf Sex konnte er sich morgen Abend freuen. Das würde er nicht zweimal ablehnen. Und dann? Dann war sie weg und an Liebe war nicht mehr zu denken.

KAPITEL 7

Ashley schob die Papiere beiseite, die den ganzen Tag über ihre Aufmerksamkeit gefesselt hatten. Sie war dankbar, dass sie einen Verstand besaß, der sich so sehr auf ein Buch konzentrieren konnte, dass alles andere ausgeblendet wurde. Ihre Mutter pflegte zu sagen, dass das Haus abbrennen könnte und Ashley würde es nicht bemerken, wenn sie mit der Nase in einem Buch steckte. Und dafür war sie jetzt dankbar, denn zumindest bedeutete es, dass sie aufhören konnte, über das nachzudenken, was im Harem passiert war. Es gab ihr eine Atempause von den vor Verlegenheit geröteten Wangen und den lebhaften Erinnerungen daran, wie seine Berührung ihren Körper entflammt hatte.

Sie stöhnte bei der Erinnerung und vergrub ihr Gesicht in den Händen, während Echos der Empfindungen, die sie erfüllt hatten, immer noch durch sie hindurchströmten. Wie sollte sie ihm je wieder professionell in die Augen sehen können? Es war offensichtlich, dass all ihr Gerede über keinen Sex nur das gewesen war - Gerede. Alles, was er tun musste, war sie anzusehen, sie zu berühren, und sie war Wachs in seinen Händen. Und was noch schlimmer war: Sie konnte die Nacht kaum erwarten, in der sie die Dinge noch weiter treiben konnte. Denn sie hatte sich entschieden. Sie wollte ihn und sie würde ihn haben. Denn in ein paar Tagen wäre sie weg und all das nur noch eine Erinnerung.

Sie blickte mit neuer Entschlossenheit auf und schloss die uralten Wälzer, die, wie sie vermutete, seit Jahrhunderten nicht mehr berührt worden waren. Was auch immer sie von Zyir halten mochte, wie auch immer sie körperlich auf ihn reagieren mochte, sie war ihm dankbar für den freien Zugang, den er ihr zu den Archiven seines Landes gewährt hatte.

In nur zwei Tagen hatte sie genug Informationen gesammelt, um ihr Buch über Harems auszuarbeiten und es zu der Art von Buch zu machen, nach dem der Verlag suchte, auch wenn es nicht genau das war, was sie schreiben wollte. Sie hatte weit mehr entdeckt, als sie erwartet hatte, Fakten, die ihre eigenen Vorstellungen und Überzeugungen in Frage stellten.

Sie seufzte. Es gab so viel Arbeit, die sie hier über die Architektur der Stadt machen könnte, so viel mehr zu lernen. Aber sie hatte jede Möglichkeit für weitere Forschungen mit ihrem Beharren auf der Haremsforschung zunichte gemacht. Was wie ein ausgezeichneter Weg zur Förderung ihrer Karriere erschienen war, fühlte sich jetzt weit weniger als ausgezeichnet an. Tatsächlich, dachte sie, als sie ihre Sachen zusammenpackte und sich zum Ausgang begab, begann es sich sehr nach einem Fehler anzufühlen - aber einem, zu dem sie sich jetzt verpflichtet hatte. Ob es ihr gefiel oder nicht.

Als sie den äußeren Gehweg entlangging, der einen Blick über die umliegenden Ebenen bot, fiel ihr Blick auf einen Raubvogel. Er kreiste in den Winden, die hoch über der Stadt wehten. Er war völlig frei, und für einen langen Moment schien er in der Luft zu schweben, bevor er verschwand, ein immer kleiner werdender Punkt am strahlend blauen Himmel.

Sie mochte jetzt nicht ihre Freiheit haben, aber sie würde sie bekommen. In zwei Tagen würde sie diesen Ort mit all den Informationen verlassen, die sie brauchte, um genau wie dieser Falke zu sein - dorthin zu gehen, wohin sie wollte, zu sein, wer immer sie sein wollte. Noch ein paar Tage und sie wäre frei. Aber selbst als sie dies dachte, fragte sie sich, wie frei sie wirklich sein würde, wenn die Erinnerung an Zyirs Berührung und Blick immer bereit war, sie heimzusuchen, sobald sie ihren Geist entspannte.

Die Türen zur Suite des Königs öffneten sich kaum merklich für Ashley, als sie sich auf den Weg machte, um Zyir zur vereinbarten Zeit zu treffen. Es war früher Nachmittag und sie hatte den Tag wie vereinbart mit Recherchen verbracht, doch nun schien Zyir ihre Ausbildung auf andere Weise fortsetzen zu wollen. Sie konnte nicht anders, als neugierig und angespannt zugleich zu sein. Würde er anerkennen, was zwischen ihnen geschehen war? Oder würde sie einfach nur die Gastwissenschaftlerin sein, die man tolerieren musste, bevor man sie aus dem Land warf, das sie zu lieben begann?

Es dauerte nicht lange, bis sie es herausfand.

Als sich ein zweites Türenpaar öffnete, fand sich Ashley in einem Büro wieder. Auf der einen Seite stand ein Konferenztisch und auf der anderen ein Kommunikationszentrum. Aber ihr Blick wich nicht von dem Anblick direkt vor ihr - Zyir, der hinter einem großen Schreibtisch saß. Er nickte ihr kurz und kühl zu, bevor er auf die Papiere auf dem Schreibtisch blickte.

Die Schmetterlinge, die leicht in ihrem Bauch geflattert hatten, drehten jetzt durch. Sie war froh, dass sie seinem Blick nicht begegnen musste, denn es gab ihr ein paar kostbare Momente, um sich zu sammeln. Sie atmete tief ein, um der Kraft entgegenzuwirken, die er ausstrahlte, nicht nur als König, sondern auch als Mann.

Seine formellen Gewänder fielen in weichen Falten von seinen breiten, kräftigen Schultern, und eine weiße Kufiya bedeckte seinen Kopf. Aber es waren seine Finger, an denen ihr Blick hängen blieb. Seine Hände waren groß, aber seine Finger waren auch elegant und hielten den altmodischen Füllfederhalter in der Luft, während er das Papier las, mit all der Gelassenheit und Präsenz eines Dirigenten, der einen Taktstock hält, kurz davor, Musik zu erschaffen oder sie abrupt zu beenden. Es waren kräftige Hände. Sie schloss kurz die Augen, als sie sich daran erinnerte, wie sie sich gegen ihre Hand gedrückt hatten und ihr zum Orgasmus verhalfen.

Sie ballte ihre Hände zu Fäusten und versuchte, die Intimität der vergangenen Nacht zu vergessen, entschlossen, sich im Moment zu erden. Aber ein weiteres Einatmen band sie noch enger an ihn, da es mit einer Spur Aftershave durchsetzt war. Sekunden verstrichen, bevor er das Papier unterschrieb, zu seinem Assistenten hinüberblickte und den Stapel Papiere zu ihm hinschob. Er bedeutete dem Mann zu gehen, was dieser mit einer unterwürfigen Verbeugung tat, bevor er die Tür hinter sich schloss.

Sie waren jetzt allein, und erst nachdem er seinen Laptop mit einem Klicken geschlossen hatte, sah er zu ihr auf, mit einer plötzlichen Intensität, die sie nach Luft schnappen ließ. Es gab keine Möglichkeit, seinem Blick auszuweichen. Er hielt sie in seinem Bann, genau wie in der Nacht zuvor. Es schien, als gäbe es kein Vergessen.

„Dr. Maitland", sagte er, das Licht aus dem Fenster hinter ihm verlieh seiner Präsenz noch mehr Kraft. „Bitte, nehmen Sie Platz."

Sie lächelte kurz, nervös, und nahm den Platz vor seinem Schreibtisch ein.

„Ich hoffe, Ihre Recherchen sind heute gut verlaufen?"

Seine Augen sendeten ihr eine andere Botschaft. Sie konzentrierte sich auf das, was er sagte, weil sie glaubte, mit nichts Persönlichem umgehen zu können, keiner Anspielung auf ihre körperliche Begegnung in der vorherigen Nacht.

„Ja, danke." Die Worte kamen atemlos heraus, also beschloss sie, nicht weiter auszuführen.

„Und Sie haben all den Zugang bekommen, den Sie benötigten?"

Sie nickte. „In der Tat."

„Gut. Vielleicht könnten Sie mir eine Zusammenfassung Ihrer Erkenntnisse geben."

„Hier? Jetzt?"

„Ja, hier und jetzt. Ich möchte wissen, dass mein Vertrauen in Sie nicht fehl am Platz ist. Ich habe Ihnen die Erlaubnis erteilt, dieses Buch zu schreiben, aber ich möchte wissen, was darin stehen wird."

„Ihr Vertrauen ist nicht fehl am Platz. Ich werde eine

ausgewogene Sichtweise präsentieren. Tatsächlich habe ich allein heute Morgen Dinge erfahren, die den Hauptfokus meines Buches verändern werden."

„Inwiefern?" Er lehnte sich in seinem Stuhl zurück, die Hände vor sich gefaltet, sein Ausdruck eher interessiert als verführerisch. Dafür war sie dankbar.

Sie räusperte sich und setzte sich aufrechter hin. „Die Frauen des Harems. Sie haben die Politik beeinflusst. Nicht nur durch die Männer, sondern auch aus eigenem Recht."

„Ja. Unsere Kultur ist komplex, und die Frauen hatten schon immer Macht, auch wenn sie diese hinter verschlossenen Türen ausüben."

„Das ist nicht das, was man normalerweise von einem Harem annimmt."

„Nicht alle Harems sind gleich, Dr. Maitland. Denken Sie, alle Monarchen seien gleich? Glauben Sie, Ihre Königin von England sei dasselbe wie der König einer ölreichen afrikanischen Nation, der absolute Macht hat?"

Sie schüttelte den Kopf und lachte überrascht. „Nein."

„Warum sollten Sie dann einen Harem für genau wie den anderen halten? Wir sind unterschiedliche Menschen, unterschiedliche Kulturen. Stecken Sie uns nicht alle in die gleiche Schublade, nur weil es einfach ist, nur weil es ordentlich ist. Nichts ist ordentlich und einfach in dieser Welt."

„Ich weiß."

„Dann stellen Sie es auch nicht so dar. Enttäuschen Sie mich nicht."

„Ich bin nicht sicher, ob meine Verleger das mögen werden, aber ja, ich habe nicht vor, etwas anderes als die Wahrheit über das zu schreiben, was ich herausfinde."

Er gab ein kleines Grunzen von sich - ob aus Zustimmung oder Überraschung, hätte sie nicht sagen können. „Ich habe hier noch einige andere Unterlagen für Sie, von denen ich dachte, sie könnten Sie interessieren." Er blätterte durch einige Papiere auf seinem Schreibtisch.

Auch sie blickte nach unten, aber nicht auf die Papiere. Seine Finger fesselten sie, wie sie sich über die Papiere bewegten. Sie waren lang, dick und stark, und doch bewegten sie sich mit einer Zartheit über die Papiere, die ihr den Atem stocken und ihre Haut kribbeln ließ. Die Art, wie sein Zeigefinger die arabische Schrift und Verzierung nachfuhr, zeigte eine Wertschätzung ihrer Schönheit, die sonst nirgendwo an ihm zu erkennen war. Für einen kurzen Moment stellte sie sich vor, wie sein Finger dasselbe auf ihrer Haut tat.

„Dr. Maitland?"

Sie sah auf und fand ihn seltsam auf sie blickend vor. Denn während sein Finger die kunstvollen Schriftzeichen nachgefahren war, schienen seine Augen zu ihr abgeschweift zu sein. Sie errötete.

Er schob ihr ein Bündel handgeschriebener Texte zu. „Hier, nehmen Sie sie." Sie nahm sie von ihm entgegen, wobei sich ihre Finger bei der Übergabe streiften. „Ich möchte, dass Sie auch daran arbeiten."

Sie überflog die Papiere. Sie sahen alt aus, wie nichts, was sie zuvor gesehen hatte. „Ich würde das gerne tun. Vielen Dank. Ich habe seit dem Morgengrauen die Harem-Papiere studiert, konnte aber nicht widerstehen, am Ende die Papiere zum Bau der Moschee anzuschauen. Zweitausend Jahre alt und doch so raffiniert."

Sein Gesicht wurde wärmer, obwohl es nicht ganz zu einem Lächeln reichte. „Ich glaube, ich verstehe. Das

Harem-Buch ist etwas, um Türen zu öffnen, aber Ihr Herz liegt bei den Gebäuden."

Sie zuckte mit den Schultern. „Die Gebäude?" Sie schob ein Papier mit dem Finger herum. „Ja, aber bei Gebäuden geht es doch immer um Menschen, oder? Die Menschen, die in ihnen leben und sie nutzen."

„Und so interessieren Sie sich für meine Gebäude, meine Menschen. Hm, ich frage mich, warum."

Die Stille wurde nur durch das Gleiten von Ashleys Ledersandalen über den dekorativen Fliesenboden unterbrochen, als sie sie unter sich zog. Sie verschränkte die Arme, um sich zu verteidigen. Aber wenn sie nicht wollte, dass er weiter über die Gründe für ihre Forschungsinteressen spekulierte, musste sie eine Antwort liefern. Sie blickte in seinen durchdringenden Blick. „Ich denke, sie sind anders, die Menschen sind anders als meine eigenen."

„Sind Sie so desillusioniert von Ihren eigenen Leuten, dass Sie Ihren Geist so weit weg von ihnen beschäftigen möchten?"

Mit unfehlbarer Zielsicherheit hatte er den Nagel auf den Kopf getroffen. Oder die Kugel ins Herz. Sie zuckte mit den Schultern. Sie wollte nicht darauf eingehen.

Er lehnte sich vor, als wäre er sich bewusst, dass er ihren wunden Punkt gefunden hatte. „Wovor laufen Sie davon, Dr. Maitland?"

Ihr Mund wurde trocken. Niemand hatte ihr je diese Frage gestellt. Alle - von engen Freunden bis zur Familie - waren immer von dem Äußeren getäuscht worden, das sie ihnen zeigte. Kühn, ehrgeizig und selbstbewusst, ihre Sexualität bequem hinter ihrer Kleidung und ihrer intellektuellen Art verborgen. Aber dieser Mann, dessen Hintergrund, Kultur und Leben so anders war als ihres, schien mit diesem schönen Finger von ihm den Puls ihres Schmerzes gefunden zu haben.

„Wovor davonlaufen?" Sie schüttelte den Kopf. „Vor nichts."

Er stand auf und ging zu ihr hinüber. Sie sah weg. Ihr stockte der Atem, als er seinen Finger unter ihr Kinn legte und sie sanft dazu brachte, ihn anzusehen. „Doch, das tun Sie. Ich kann es jetzt in Ihren Augen sehen. Etwas hat Sie dazu gebracht, weit weg von Ihrer Vergangenheit zu laufen. Aber es hat wenig Sinn. Man kann seiner Vergangenheit nie davonlaufen."

Ihre Augen weiteten sich vor Schmerz. „Aber wie kann man den Schmerz dann loswerden?"

„Ganz einfach", sagte er. „Sie müssen sich ihm stellen."

Sie blickte wieder auf die Papiere. Papiere, die die Art von Familienleben beschrieben, die sie in ihrer Kindheit nie gehabt hatte, und die Art von erwachsener Liebe, der sie nicht zu vertrauen wagte. Sie musste das Thema wechseln, etwas finden, um ihn abzulenken.

„Ich frage mich..."

„Ja?"

Sie blickte mit neugefundenem Mut zu ihm auf. „Ich frage mich... Was die Kinder betrifft. Werden Kinder immer noch im Harem aufgezogen?"

„Meine Kinder werden auf die gleiche Weise erzogen, wie ich erzogen wurde, im Harem." Seine Lippen zuckten zu einem Lächeln. „Andere Kulturen nennen es eine Kinderstube. Aber meine Kinder werden nicht in den alten Harem-Gebäuden großgezogen. Sie werden im selben Flügel des Palastes wie ich selbst erzogen." Er rieb sich mit den Knöcheln das Kinn - etwas, das sie bemerkt hatte, wenn er etwas durchdachte. „Möchten Sie sie kennenlernen?"

„Danke, das würde ich gerne."

An der Art, wie sich die Falte zwischen seinen Augen vertiefte, konnte Ashley ziemlich sicher erkennen, dass Zyir wusste, dass ihr plötzliches Interesse an Kindern entstanden war, um sein Interesse an ihrer Vergangenheit abzulenken. Aber als sie die Bibliothek verließen, war es ihr egal, denn es hatte funktioniert. Es gab keine weitere Erwähnung dessen, wovor sie davonlief. Was auch gut so war, denn Ashley wusste es selbst kaum.

Am Ende stellte es sich als eine ganz andere Art von Treffen heraus, als sie erwartet hatte. Anstatt in einen Raum im Palast geführt zu werden, stellte er sie ihr in den Ställen vor. Ashley sah sofort, dass Zyirs Kinder zwei sehr unterschiedliche Persönlichkeiten hatten.

„Wer sind Sie denn?", fragte die Tochter, Dayana, die etwa sieben Jahre alt war.

Zyir runzelte die Stirn.

„Mein Name ist Dr. Ashley Maitland, und ich arbeite an einer englischen Universität."

„Papa!", rief ihr jüngerer Bruder Talmon. „Was ist eine Universität?"

„Eine Bildungseinrichtung."

„Haben wir die auch hier in unserem Land?"

„Ja, aber sie sind nicht so groß wie die, an der Dr. Maitland arbeitet."

„Oh!" Der Junge wandte sich mit riesigen Augen an Ashley.

„Dr. Maitland-"

„Bitte nennen Sie mich Ashley."

„Es ist angemessen, dass die Kinder Sie mit Dr. Maitland ansprechen", sagte Zyir.

Sie fühlte sich genervt, zuckte aber mit den Schultern und nickte.

„Dr. Maitland", wiederholte Talmon. „Was machen Sie an der Universität?" Der Junge schien der ruhigere der beiden zu sein, nachdenklich.

Während Ashley ein wenig von ihrer Arbeit an der Universität erzählte, rannte Dayana zu den Pferden und sprang auf eines, das vorbereitet, aber ohne Sattel war.

„Sie können reiten, nehme ich an?", fragte Zyir, wie Ashley fand, etwas verspätet. Denn es sah so aus, als wäre sie in Schwierigkeiten, wenn sie es nicht könnte.

„Ja. Nicht meisterhaft, aber ich kann mich festhalten, als ginge es um mein Leben."

Sein Gesichtsausdruck veränderte sich nicht. „Ich hoffe, es wird nicht so weit kommen."

Begleitet von einer großen Gruppe von Bediensteten, ritten sie in die Wüste hinaus. Zyir ritt mit Dayana an der Spitze, während sie und Talmon in einem viel vorsichtigeren Tempo folgten.

Als sie ihr Ziel erreichten, wurde ihr klar, was vor sich ging. Sie näherten sich einer Gruppe von Menschen, die Falken aus Käfigen holten.

Zyir sprang von seinem Pferd, warf die Zügel einem Bediensteten zu und schritt zu den Falken. Dayana rutschte vom Pferd, während es noch in leichtem Galopp war, und landete in einer Sandwolke mit der Anmut und Athletik einer Tänzerin. Ihr loses Haar wehte hinter ihr her. Ashley konnte nicht umhin zu denken, dass Zyir Schwierigkeiten haben würde, seine Tochter im Zaum zu halten, wenn sie älter wurde. Sie schien all seinen Geist und weit mehr Schönheit zu besitzen, als einem jungen Mädchen zustand. Obwohl sie im Moment ganz ahnungslos darüber zu sein schien.

Ashley und Talmon kamen herunter und gesellten sich zu Zyir und Dayana. Dayana stand da und ahmte die Haltung ihres Vaters nach, die Füße gespreizt, die Hände in die Hüften gestemmt, während sie die Falken beobachtete. Offensichtlich war ihr Vater Dayanas Held. Ashley wich zurück, als Zyir dem Falken die Haube abnahm, der seine Flügel ausbreitete und auf Zyirs Berührung in einer Weise reagierte, von der Ashley denken musste, dass sie genauso reagieren würde.

„Kommen Sie näher, Dr. Maitland. Der Falke wird Ihnen nichts tun."

Sie trat näher, fasziniert von der Größe des Vogels und der Farbe seines Gefieders. „Er ist wunderschön."

Die Kinder kicherten, und Zyir warf ihnen einen warnenden Blick zu.

„Es ist ein *Sie*. Wir benutzen nur weibliche Falken."

„Warum ist das so?"

„Weil sie größer und kräftiger sind."

Ashley gefiel diese Vorstellung.

Der Falke umklammerte Zyirs behandschuhte Hand und duckte den Kopf vor Vergnügen, als er sein Gefieder streichelte.

„Und sie sind auch intelligent. Sie kennen ihre eigenen Namen und kehren zu ihren Besitzern zurück, wenn sie gerufen werden", sagte er.

„Das ist erstaunlich."

„Es *sind* in der Tat erstaunliche Vögel. Sie können ihre Beute aus einer Entfernung von einer Meile oder mehr sehen und kehren zu einem Lockmittel zurück, das durch das Rascheln getrockneter Trappenflügel erzeugt wird."

Ashley trat zurück und beobachtete, wie die Familie ihre Falken fliegen ließ. Erst als Zyirs Falke mit einem kleinen Tier in seinen Klauen zurückkehrte, wandte sich Ashley ab. Der grausame Anblick war konfrontierend – es war das Leben in seiner Rohform. Es schien, als hätte dieses Land, in dem sie sich wiedergefunden hatte, kein Problem damit, der Wahrheit der Dinge ins Auge zu sehen. Sex war zum Genießen da, Kinder zum Pflegen und der Tod zu akzeptieren. Alles Dinge, vor denen sie entweder weggelaufen war oder die ihr ihr ganzes Leben lang verwehrt geblieben waren. Vielleicht hatte Zyir Recht gehabt – es war Zeit für sie, aufzuhören wegzulaufen und sich der Wahrheit über ihre eigenen Wünsche und Bedürfnisse zu stellen.

Als sie zurückblickte, traf sie Zyirs fragender Blick. Sie ging zu Talmon, um mit ihm zu sprechen, der mehr als glücklich war, ihr von seiner Sammlung von Steinen und Fossilien zu erzählen.

Die Sonne stand schon tief am Himmel, als sie zum Palast zurückkehrten. Ashley gesellte sich zu ihnen im Familienwohnzimmer, das sich von allen anderen Räumen im Palast unterschied. Es war voller Unordnung von Büchern und Spielzeug, genau wie ein Zuhause. Während ihre Amme Tee zubereitete, fand sich Ashley neben Zyir wieder und beobachtete, wie Dayana ihren kleinen Bruder herumkommandierte.

Ashley lachte. „Ich glaube, Ihre Tochter wird sich in einen gehorsamen Mann verlieben müssen." Aber ihr Lachen erstarb, als sie zu Zyir blickte und sah, wie sich eine finstere Miene auf seinem Gesicht ausbreitete.

„Liebe wird dabei keine Rolle spielen. Für Dayana wird eine Ehe arrangiert werden."

„Eine arrangierte Ehe?" Sie konnte nicht anders, als ungläubig zu klingen, denn sie konnte sich nicht vorstellen, dass Dayana auch nur eine Minute lang mit etwas einverstanden wäre, das sie nicht wollte.

„Natürlich. Es ist unsere Kultur, besonders in der königlichen Familie. Ich selbst hatte eine arrangierte Ehe."

„Und wie hat das für Sie funktioniert?" Die Frage rutschte ihr heraus, und sie erkannte an seinem Gesichtsausdruck, dass sie zu weit gegangen war. Aber es war ihr egal, sie war neugierig.

Er zögerte, und sie fragte sich, ob er sich herablassen würde zu antworten. „Es war in Ordnung", sagte er abrupt und wandte sich seinen Kindern zu. „Und es hat mir zwei wunderbare Kinder geschenkt."

Ashley war wieder einmal beeindruckt davon, wie eng seine Beziehung zu seinen Kindern war. Noch etwas, das sie nicht erwartet hatte. Ein weiteres Stereotyp, das widerlegt wurde.

„Und Sie werden zweifellos mehr haben, wenn Sie wieder heiraten."

Er sah sie seltsam an. „Ich werde nicht wieder heiraten. Ich habe alles, was ich brauche."

Sie konnte nicht umhin zu denken, dass seine Ehe wohl weitaus weniger als ‚in Ordnung' gewesen sein musste, wenn er kein Verlangen danach hatte, die Erfahrung zu wiederholen.

Er sah sich um und bellte etwas Kurzes und Prägnantes zu seinen Kindern, und sie sprangen von ihren jeweiligen Stühlen auf und verließen mit ihren Ammen den Raum. Dayana kämpfte damit, einen Anflug von Ärger zu verbergen, während Talmon verletzt aussah. Trotz ihrer Gefühle hatten beide sofort gehorcht.

Zyir erhob sich und blickte auf die untergehende Sonne. Ohne sich zu ihr umzudrehen, sagte er: „Es ist Zeit, Ashley." Es war das erste Mal an diesem Tag, dass er sie bei ihrem Vornamen nannte. „Sich auf den bevorstehenden Abend vorzubereiten."

Angst flackerte tief in ihrem Magen auf. Ein Flattern, aber es war nicht nur Angst. Sie kannte jetzt das Potenzial für Vergnügen, das in dem bevorstehenden Abend lag.

KAPITEL 8

Sie würde ihn heute Nacht haben. Sie wollte ihn, er wollte sie, und in ein paar Tagen würde sie weg sein. Es war jetzt oder nie.

Sie kleidete sich sorgfältig an, noch weniger Kleidungsstücke als am Abend zuvor, und ging früher als nötig zum Harem. Sie wollte da sein, wenn er ankam. Sie drapierte ihre Gewänder auf dem Bett.

Zur verabredeten Zeit klopfte es an der Tür.

„Herein", rief sie.

Es schien, als wäre es ihr Recht, die Erlaubnis zu erteilen. Und es war ein Recht, das sie in dieser Nacht unbedingt wollte.

Er trat ein und schloss die Tür, bevor er sich zu ihr umdrehte. Er bewegte sich nicht sofort, und sie fragte sich, ob sie zu weit gegangen war.

Sie spürte die Nachtluft durch den leichten Stoff, der sich über sie legte und jeden Zentimeter ihrer Kurven enthüllte - und sie hatte definitiv Kurven. Und es schien, als gefiele ihm, was er sah. Seine Augen verdunkelten sich, und er streckte ihr seine Hand entgegen. Das hatte er in der vorherigen Nacht nicht getan.

Sie ging zu ihm hinüber, in die letzten Strahlen des Sonnenuntergangs, die sie umhüllten und ihre Nacktheit unter den Kleidern enthüllten. Wenn er sich über ihre Absichten gewundert hatte, war es ihm jetzt klar.

Er nahm ihre Hand in seine, und sie gingen zu der Fensterbank, die auf die üppigen Gärten hinausblickte. Die Bank war breit und lang und mit Kissen und luxuriösen Stoffen übersät. Es war eine Bank, die für die Verführung geschaffen war.

Sie setzte sich und ordnete den dünnen Stoff neu, wobei sie mit einem schnellen Blick nach unten feststellte, dass ihre Brustwarzen hart geworden waren und ihr Atem sich allein durch die Berührung seiner Hand und das streifende Streicheln seines Daumens über ihre Haut beschleunigt hatte.

Er setzte sich ebenfalls und zog seine Hand nicht zurück, als sie ihre auf ihren Oberschenkel fallen ließ. Seine Finger breiteten sich über ihre aus, sodass sie seine Berührung durch den feinen Stoff auf ihrem nackten Oberschenkel spürte.

„Du siehst heute Abend sehr schön aus, Ashley."

„Ich habe beschlossen, daraus eine besondere Nacht zu machen. Schließlich werde ich in ein paar Tagen nicht mehr hier sein, und ich wollte... das Beste aus meiner verbleibenden Zeit machen."

„Du möchtest, dass ich mit dir schlafe."

Sie hätte wissen müssen, dass er direkt auf den Punkt kommen würde.

„Ja."

Er lächelte. „Und natürlich werde ich das tun, wenn du

es wünschst. Aber glaub nicht, dass du um deine Worte der Verführung herumkommst. Ich freue mich darauf."

„Das würde mir nicht im Traum einfallen. Wieder sind es Rumis Worte - Worte, die nicht zu übertreffen sind."

Seine Finger breiteten sich ein wenig weiter auf ihrem Bein aus, und sie konnte sich kaum zurückhalten, ihn nicht sofort zu überfallen. Aber man überfiel keinen Scheich. Er gab immer den Ton an. Das wurde ihr jetzt klar. Alles, was sie tun konnte, war, einen Weg vorzuschlagen, den er gehen konnte. Ob er ihn ging oder nicht, lag bei ihm.

„Möchtest du eine Erfrischung?", fragte sie und kehrte zum Formellen zurück.

„Nein." Er nahm seine Augen nicht von ihr.

Sie neigte den Kopf. „Dann werde ich keine Zeit mehr verschwenden." Sie holte tief Luft.

„Ich möchte dich sehen", begann sie leise und zögernd, Rumis Gedicht zu rezitieren.

„Deine Stimme kennen.

Dich erkennen, wenn du

zum ersten Mal um die Ecke kommst.

Deinen Duft wahrnehmen, wenn ich

einen Raum betrete, den du gerade verlassen hast."

Sie hielt inne, als sie darüber nachdachte, wie zutreffend Rumis Worte waren. Sie erkannte Zyirs Stimme und Präsenz jetzt instinktiv, auf einer primitiven, animalischen Ebene.

„Das Heben deiner Ferse kennen", fuhr sie fort.

„das Gleiten deines Fußes.

Vertraut werden mit der Art,

wie du deine Lippen schürzt

und sie dann öffnest,

nur ein kleines bisschen,
wenn ich mich in deinen Raum lehne..."

Sie hielt erneut inne und erlaubte sich sowohl dramatische Freiheit als auch die Worte auszuagieren, indem sie sich zu ihm lehnte, ermutigt durch die Art, wie seine Hände höher auf ihren Oberschenkel krochen.

„und dich küsse", sagte sie. Sie holte tief Luft und, jetzt so nah, musste sie ihren Kopf bewegen, um sein Gesicht zu betrachten, bevor sie ihren Blick auf seine Lippen senkte - Lippen, die sich öffneten, als bereiteten sie sich auf ihre Berührung vor, ohne sein Versprechen an sie zu verraten. Es würde also doch alles von ihr abhängen. Sie hob ihre Lippen zu seinen und presste sie gegen seine. Er atmete scharf ein, und dann spürte sie seine Finger, die sich an ihren Hinterkopf bewegten und sie dort festhielten, während er sie tief, erotisch und gründlich küsste. Schließlich zog sie sich zurück. Sie musste die Worte des Gedichts zu Ende bringen.

„Ich möchte die Freude kennen", fuhr sie fort.
„wie du flüsterst
'mehr'."

Sie ließ die letzte Silbe in der Luft schweben. Sie trieb in den kleinen Raum zwischen ihnen, der nur durch einen Kuss überbrückt worden war. Aber sie wollte jetzt mehr.

Es war jetzt oder nie. Sie hatte nur noch eine Nacht, bevor sie das Land verließ. Und sie wusste, dass sie die Person getroffen hatte, die schon immer in ihrem Herzen existiert hatte, seit der Begriff der Liebe tief in ihr eingeflößt worden war.

Sie bewegte sich so, dass seine Hand keine andere Wahl hatte, als weiter an ihren Beinen entlang zu wandern. Aber er war immer noch nicht da, wo sie ihn haben wollte. „Als wir anfingen, hast du gesagt, ich könnte dich um etwas bitten, und du würdest es mir geben.“

Er runzelte die Stirn, seine Augen hielten ihre fest. Er nickte kurz.

„Jetzt kenne ich deine Stimme, ich weiß, wann du um die Ecke kommst, ich weiß, wann du einen Raum betrittst, auch wenn ich dich nicht sehe.“

Seine Augen wandelten sich von Wildheit zu dunkler Erkenntnis. Er nickte, damit sie fortfuhr.

„Und ich kenne das Gefühl deiner Lippen auf meinen, wie deine Küsse mich fühlen lassen. Aber was ich nicht weiß, ist, wie sich dein Körper anfühlt, wenn er gegen meinen gepresst wird, wenn er intim mit meinem ist. Ich weiß nicht, wie es sein wird, dich in mir zu spüren. Und ich bitte dich, mir dieses Vergnügen zu bereiten. Ich möchte dich vollständig kennenlernen.“

Es war, als ob ein Schalter umgelegt worden wäre. Er erhob sich und öffnete seine Arme für sie, und sie trat hinein. Es war wie nach Hause kommen. Ihr Körper schmiegte sich an seinen, als wäre er dafür gemacht. Er roch nach einem subtilen, sehr männlichen Duft – was natürlich und was Aftershave war, hätte sie nicht sagen können. Aber er umhüllte sie, wie es seine Arme taten. Sie schloss die Augen, als sie ihre Wange gegen seine Brust drückte. Sie konnte den Schlag seines Herzens durch ihre Wange spüren, der durch ihre Knochen vibrierte, durch ihren ganzen Körper, und sie mit ihm selbst erfüllte. Aber es war nicht genug.

Sie zog sich zurück und blickte in seine Augen, dunkle, tiefe Seen der Begierde, die sie zum Schmelzen brachten. Sie konnte kaum glauben, dass sie im Begriff war, die Handlungen auszuführen, über die sie so viel nachgedacht hatte.

Sie fuhr seine Lippen nach, die noch immer eine feste Linie bildeten, um die Ränder herum, und dann stellte sie sich auf die Zehenspitzen und presste, die Augen fest geschlossen, ihre Lippen auf seine. Sie öffneten sich gegen ihre und er lehnte sich in den Kuss, seine Hände breiteten sich hinter ihrem Kopf aus, um sie fest in seinen Händen zu halten, während er sie küsste. Und es gab keinen Zweifel mehr, wer wen küsste. Er hatte die Führung übernommen und sie musste nichts mehr steuern, sondern konnte einfach den Kuss genießen, der sie beide auf eine Weise verband, die völlig natürlich erschien. Sie hatten sich in Geist und Seele verbunden, und nun war nur noch das Körperliche nötig, um die Verbindung zu vervollständigen – zumindest für den Moment. Sie würde nicht an morgen denken.

Er setzte sich aufs Bett und zog sie auf seinen Schoß, wo er sie besser küssen und mit seinen Händen liebkosen konnte. Als sie sich keuchend von dem Kuss löste, legte sie ihre Hände auf seine Schultern und kniete sich rittlings auf ihn. Er schob ihr loses Seidengewand beiseite und nahm ihre Brüste in seine Hände, strich über ihre Brustwarzen, bevor er sie mit seinem Mund kostete, erst die eine, dann die andere. Sie stieß ihre Hüften nach vorne und ließ ihren Kopf zurückfallen, als die Empfindungen sie durchströmten und mit Lust entflammten. Er kostete sie, als könnte er nicht genug von ihr bekommen, und der Gedanke, dass dieser Mann ihren Körper genoss, ließ sie sich noch mächtiger fühlen. Und sie wollte diese Macht ausüben, indem sie Zurückhaltung übte.

Als er endlich von ihren Brüsten abließ, um Küsse

über ihren Bauch zu verteilen, drückte sie ihn sanft aufs Bett. Sie küsste ihn, ihre Zunge glitt gegen seine, während sie ihn mit einer flachen Hand auf seiner Brust stillhielt. Dann begann sie, ihn auszuziehen.

Er war in westlicher Kleidung zu ihr gekommen – einem Hemd und einer Hose. Also öffnete sie einen Knopf nach dem anderen, gefolgt von einem Kuss auf seine nackte Haut. Als sie den letzten Knopf geöffnet hatte, schob sie sein Hemd beiseite. Sie fuhr mit ihrer Zunge die Länge seines Bauches und seiner Brust hinauf, die Haare kribbelten gegen ihre Zunge. Er schmeckte nach purem, zum Anbeißen männlichem Aroma.

„Beweg dich nicht", flüsterte sie in sein Ohr. Er drehte seinen Kopf, um zu versuchen, ihren Mund mit seinem einzufangen, aber sie wich mit einem Lächeln zurück. Zu ihrer Überraschung tat er, was sie sagte, und lag da zwischen den Kissen und juwelenartigen Decken, dunkel und gefährlich, seine breite Brust stark und mächtig. Aber all diese Stärke wurde zurückgehalten – wartete auf sie.

Sie löste ihre Gewänder und ließ sie zu ihren Füßen fallen, wo sie sich wie eine Wolke aus roter Seide ausbreiteten, bevor sie aus ihnen heraustrat.

Sie wurde mit dem Geräusch seines scharf eingezogenen Atems belohnt. Er schüttelte den Kopf. „Du bist so wunderschön", hauchte er. „Deine Brüste sind phantastisch."

Das gefiel ihr. Ihre Brüste waren etwas gewesen, das sie während des Aufwachsens gehasst hatte, als sie versuchte, von Freunden und Dozenten nicht als sexuell wahrgenommen zu werden. Sie hatte am Ende weite Kleidung getragen, um sie zu verstecken. Aber jetzt schwelgte sie in ihren vollen Kurven.

Sie beugte sich vor und öffnete seine Hose. Sein Reißverschluss war unter dem Druck seines geschwollenen Schwanzes gespannt. Es schien nur freundlich, ihn zu befreien. Und sobald sie das getan hatte, wurde ihr klar, dass sie die Kontrolle wieder an ihn abgegeben hatte, und sie trat instinktiv einen Schritt zurück.

Sobald er nackt war, stieg er vom Bett. Er strich mit seinen Händen über ihren Körper, seine Augen folgten den Bewegungen seiner Hände, bis seine Hände unter ihre üppigen Pobacken glitten und er sie packte und hart gegen sich zog. Sein Schwanz drückte sich in ihr weiches Fleisch, als sie sich küssten.

Innerhalb von Sekunden hatte er sie hochgehoben, und ihre Beine schlangen sich um seine Hüften. Sie positionierte sich bereit für ihn. Er brauchte keine weitere Einladung und stieß in sie hinein. Er hielt auf halbem Weg inne, als sie sich plötzlich seiner Größe bewusst wurde. Er küsste sie, und sie entspannte sich wieder. Mit einem harten Stoß war er vollständig in ihr, und sie vergaß jegliche Nervosität, alles außer dem Vergnügen, von ihm ausgefüllt zu werden.

Noch immer verbunden, legte er sie aufs Bett. Es schien, als wäre ihr Körper zum ersten Mal lebendig – von den Kribbeln in ihren Fingerspitzen bis zu den explosiven Empfindungen, als er sich langsam zurückzog, sein Fleisch bewegte sich gegen ihre empfindlichsten Stellen, bevor er wieder in sie hineinstieß und ihr den Atem raubte.

Er verschränkte seine Finger mit ihren, breitete sie zu ihrer Seite aus, so dass sie sich nicht bewegen konnte, und dann stieß er wiederholt in sie hinein. Es gab kein Warten, kein Urteilen, nichts außer einem dringenden

Bedürfnis, das sie teilten. Als sie sich ihrem Orgasmus näherten, wurden seine Bewegungen kraftvoller und schoben sie auf dem Bett zurück, während er sein Tempo erhöhte. Schließlich konnte sie sich nicht länger zurückhalten. Sie schloss die Augen und legte ihren Kopf zur Seite, brauchte etwas Schutz vor seinem durchdringenden Blick, um loszulassen. Sie schrie auf, aber er stieß weiter in sie hinein, bis sie erneut aufschrie, und erst dann kam er, pumpte seinen Samen tief in sie hinein und beanspruchte sie als die Seine. Oh, und wie sehr sie beansprucht werden wollte.

Als er sich zurückzog, wurde ihr klar, dass sie eine veränderte Frau war. Intellektuell war sie noch dieselbe, mit der gleichen Einstellung und den gleichen Überzeugungen, aber ihr Körper war von ihm erweckt worden, und sie wusste jetzt, dass sie nie mehr dieselbe sein würde. Sie würde diesen Mann immer wollen. Sie würde immer nach dem Vergnügen verlangen, das sein Körper dem ihren bereiten konnte – ein Vergnügen wie kein anderes.

Sie lag ausgestreckt da, ihre Beine und Arme weit geöffnet, nackt, auf den zerknitterten Seidenlaken, ohne sich von der Stelle zu bewegen, an der sein Körper sie festgehalten hatte. Das Mondlicht tanzte über ihren Körper, während der Windturm die kühle Nachtluft von dem sternenklaren Himmel herabführte. Das war auch gut so, denn ihr Körper strahlte Hitze aus. Ihre Haut war empfindlich und spürte jeden Windhauch. Ihre Brüste hoben und senkten sich, als sie darum kämpfte, wieder zu Atem zu kommen. Sein Samen sammelte sich zwischen ihren Beinen, und sie kreuzte sie, als hoffte sie, ihn in sich zu behalten. Sie hatte sich immer ein Kind gewünscht, aber nicht heiraten wollen. Vielleicht, nur vielleicht, konnte sie jetzt dieses Kind bekommen.

Sie drehte den Kopf, um ihn anzusehen, sein Profil im Licht der Sterne, die hier mitten in der Wüste hell leuchteten. Seine Augenlider flackerten, als auch er nach Atem rang. Ihr Liebesspiel war explosiv gewesen. So etwas hatte sie noch nie erlebt. Sie war stark, aber er war stärker, und sie hatte sich noch nie von einem Mann unterworfen gefühlt oder es gewollt, aber sie war von Zyir kontrolliert worden, und das hatte den Sex umso aufregender gemacht.

Er streckte die Hand aus, ergriff ihre und zog sie zu sich. Sie rollte sich auf ihn und küsste ihn. Hungrig suchte sie mit ihrer Zunge die seine, liebkoste sie, knabberte leicht an seinen Lippen, bevor sie sein Kinn und seinen Hals küsste und an seinem Nacken saugte. Er grunzte und zog sie weg.

„Bist du ein Vampir, Ashley?", fragte er lachend.

Sie setzte sich auf, ihre Beine um ihn geschlungen, sein bereits erigierter Schwanz drückte gegen ihr feuchtes Geschlecht. Sie zuckte mit den Schultern. „Ich fühle, als könnte ich mit dir alles sein."

Sie wartete keine Antwort ab, sondern hob sich, ohne den Blick von ihm abzuwenden, und umfasste seine Erektion mit beiden Händen, liebkoste sie, bevor sie sich erneut auf ihn senkte. Erst als er in ihr war, verlor sie den Blickkontakt, ihre Augen schlossen sich, als Glückseligkeit sie überflutete.

Sie erhob sich und beobachtete ihn unter halb gesenkten Lidern. Er streckte die Hände nach ihren Brüsten aus, und sie senkte sich, bis sie in Reichweite seines Mundes waren. Er saugte an einer, unwillig sie loszulassen, bis sie sie wegzog, wobei sich ihre Brustwarze verlängerte, als sie seinen Mund verließ. Sie senkte ihre andere Brustwarze in seinen wartenden Mund und ließ die Empfindungen über sich hinwegfluten. Von innen und außen bereitete sein Körper ihrem Vergnügen, und es war alles, woran sie denken konnte. Sie war von Gefühlen verzehrt, von ihm verzehrt, von ihm erfüllt.

Sie zog ihre Brüste weg und lehnte sich zurück, stützte ihre Hände hinter sich ab, während sie sich hob und senkte, anfangs langsam, aber unfähig, sich davon abzuhalten zu nehmen, was sie wollte, hob und senkte sie sich mit zunehmender Häufigkeit, bis es alles war, woran sie denken konnte, alles, was sie tun konnte. Sie brauchte eine Befreiung von den Spannungen, die sich in ihr aufbauten. Sie kam mit einem Lichtblitz, und sie fühlte sich geschwächt, unmöglich ihm gehörend, als er sie herunterzog und fest in seinen Armen hielt.

Sie rollten sich zur Seite, er noch immer in ihr, und sie fiel in einen kurzen, aber tiefen Schlaf, in dem kein Gedanke sie störte, nur eine tiefgehende Zufriedenheit und Entspannung, wie sie sie noch nie zuvor gekannt hatte.

KAPITEL 9

Als Ashley am nächsten Morgen im Harem aufwachte, fand sie sich allein wieder. Sie blinzelte im hellen Morgenlicht und drehte sich um, wobei sie zusammenzuckte, als ihr die Körperteile bewusst wurden, die in der Nacht zuvor ausgiebig beansprucht worden waren. Nackt stand sie auf und ging ins Badezimmer, wo jemand ein heißes Bad eingelassen hatte, auf dem duftende Blütenblätter schwammen. Als sie mit einem Seufzer in das noch warme Wasser stieg, wurde ihr klar, dass das, was zwischen ihr und Zyir passiert war, nicht länger privat war. Aber was machte das schon, versuchte sie sich einzureden, wenn sie nach heute sowieso nicht mehr hier sein würde? Morgen würde sie nach Havilah zurückreisen, wo sie für eine Nacht bei Xander und Elaheh unterkommen würde, bevor sie den Flug zurück nach England nahm. Sie würde nach Hause zurückkehren. Das wusste sie, und trotzdem erklärte das nicht, warum sie sich fühlte, als würde sie ihr Zuhause verlassen.

Zurück in der Bibliothek, umgeben von den Büchern und Manuskripten, zu denen sie nun vollen Zugang hatte, stellte sich Ashley ihre Rückkehr nach Oxford vor. Sie würde mit viel mehr Wissen darüber zurückkehren, wie Harems funktionierten, als jeder andere Wissenschaftler. Und sie wusste, dass ihre Kollegen wissen wollen würden, warum. Was war passiert, dass sie so viele Informationen sammeln konnte, die sich bisher immer als schwer zugänglich erwiesen hatten?

Sie biss sich auf die Lippe und versuchte, sich darauf zu konzentrieren, in der wenigen Zeit, die ihr noch blieb, so viel wie möglich aus den Papieren herauszuholen. Sie würde nicht darüber nachdenken. Aber die Gedanken hatten sich festgesetzt, und sie lehnte sich mit einem Seufzer zurück und schloss die Augen, als sie sich vorstellte, wie ihre Kollegen herausfinden würden, dass sie nicht nur dem Harem beigetreten war, sondern auch Sex mit dem Scheich gehabt hatte. Sie würden annehmen, dass sie mit Zyir geschlafen hatte, um an Informationen zu kommen. Es hätte nicht weiter von der Wahrheit entfernt sein können. Zyir war ein zu ehrenvoller Mann, um sich ihr aufzudrängen oder das anzunehmen, was sie anbot, wenn er geglaubt hätte, es geschähe aus einem anderen Grund, als dass sie es wollte. Und sie? Sie hatte aus keinem anderen Grund Sex mit Zyir gehabt, als dass ihr Körper es verlangt hatte.

Sie wusste, dass Ärger über ihre Einstellung der einzige Grund gewesen war, warum er auf die absurde Idee gekommen war, sie solle seinem Harem im Austausch für Informationen beitreten. Er hatte beabsichtigt, sie in ihre Schranken zu weisen, und das hatte er auch. Nur nicht an den Ort, den er sich vorgestellt hatte.

Sie kritzelte Liebesherzen mit ihrem Stift in ihr Notizbuch. Er hatte sie dazu gebracht, sich in ihn zu verlieben, und sie konnte nicht erkennen, was sie dagegen tun konnte - außer zu gehen. Es war immer das gewesen, was sie vorgehabt hatte. Aber jetzt würde sie ihr Herz zurücklassen.

Wie am Vortag nahm sie auch am Nachmittag Zyirs Einladung an, sich ihm anzuschließen. Aber diesmal war es nicht in der Privatsphäre der Familiengemächer oder draußen in der Wüste. Es war im öffentlichen Teil des Palastes, wo die Feierlichkeiten zum Muttertag des Landes bereits im Gange waren. Sie hatte die Erlaubnis erhalten, am Mittagessen nicht teilzunehmen, um sich an ihrem letzten Tag auf ihre Forschung konzentrieren zu können. Aber ihre Teilnahme an der nachmittäglichen Tanzveranstaltung war nicht verhandelbar.

Sobald Ashley den Raum betrat, wurde sie zu dem Platz geführt, an dem der König saß und die Feierlichkeiten beobachtete. Als er aufblickte, war sie überrascht, wie entspannt er wirkte. Es lag sogar ein Hauch von Lächeln auf seinen Lippen, als er sie begrüßte und sie den angebotenen Platz neben ihm einnahm.

„Willkommen zu unserer Muttertagsfeier", sagte er und beugte sich zu ihr, damit sie ihn über der Musik hören konnte. „Ich glaube, in deinem Land werden die Mütter auf ähnliche Weise gefeiert."

„Nicht *so* ähnlich. Wir schicken Karten, vielleicht Blumen, und wenn die Kinder besonders aufmerksam sind, wird den Müttern vielleicht an einem Abend im Jahr das Essen gekocht."

Zyir hob überrascht eine Augenbraue und lehnte sich in seinem Stuhl zurück. Aber Ashley bemerkte, dass er immer noch einen Arm um die Rückenlehne ihres Stuhls gelegt hatte. Heimlich, so dass niemand es sehen konnte, ließ er einen trägen Finger an ihrer Wirbelsäule entlanggleiten. Sie setzte sich aufrechter hin und hoffte, dass niemand bemerken würde, wie erregt sie war. Aber als sie Zyirs Blick erwidern konnte, erkannte sie, dass *er* es bemerkt hatte. Sie warf ihm einen finsteren Blick zu. Sie war es nicht gewohnt, ihren sexuellen Trieben ausgeliefert zu sein.

„Es geht auf die Zeit der Pharaonen zurück", fuhr er fort, als wäre nichts geschehen. „Die Pharaonen, genau wie unsere Könige, respektierten Frauen sehr."

„Und deshalb stecken sie sie in Harems."

„Sie hielten sie sicher und in Luxus, wie man etwas oder jemanden Kostbares behandelt."

Sie zuckte mit den Schultern. Sie konnte nicht antworten, weil sie nicht wusste, wie. Sie hatte die Freiheit immer geliebt, wollte kommen und gehen, wie es ihr gefiel. Aber ihr nächtlicher Aufenthalt im Harem hatte das Gegenteil bewiesen. Tagsüber hatte sie ihre geistige und körperliche Freiheit, aber nachts war sie im Harem. Und dort fühlte sie sich nicht gefangen. Im Gegenteil, sie fühlte sich begehrt, verwöhnt und geschätzt, genau wie er es beschrieben hatte.

„Der Frühling war schon immer die Zeit, um das Leben zu feiern - Blumen, neues Leben und natürlich Frauen, die die Quelle allen Lebens sind."

„Ich schätze, wir könnten es nicht ohne euch schaffen. Ihr spielt ja doch eine *kleine* Rolle."

„Aber eine wichtige", grinste er, ein seltenes, herzbrechendes Grinsen. „Die Ägypter bauten Boote und füllten sie mit Blumen, um sie auf dem Nil schwimmen zu lassen, um Mütter zu feiern."

„Aber da es hier keinen Nil gibt-"

„So feiern wir." Er deutete auf die Tänzer, die Blumen, das neue Wachstum und die Kinder.

„Es ist wunderschön." Sie lehnte sich in ihrem Stuhl zurück, gegen seine Hand, die sie weiterhin streichelte. Sie blickte zu Zyirs beiden Kindern. „Sie müssen ihre Mutter vermissen."

Zyir hörte auf, sie zu streicheln. Er grunzte unverbindlich.

Sie sah ihn an. „Du sprichst nie von ihr."

„Man sollte nicht schlecht über die Toten sprechen."

„Gibt es nichts Gutes über sie zu sagen?"

Er schüttelte kurz und scharf den Kopf. „Meinen Kindern geht es ohne sie besser. Sie haben sie selten gesehen, und wenn, dann wirkten sie verängstigt. Ihr Status ist ihr zu Kopf gestiegen. Ich wollte nicht, dass sie in ihrer Nähe sind."

Sie saßen schweigend da, während sie ihr vorheriges Bild von ihnen als glückliche Familie, die einer liebevollen Mutter beraubt wurde, an die Realität der Situation anpasste. Aber vielleicht gab es andere Frauen, Frauen des Harems, die die Stelle ihrer Mutter eingenommen hatten? Sie war auf keine Informationen über Zyirs Harem gestoßen, obwohl es viele Informationen über den seines Vaters gab. Sie leckte sich über die Lippen. Sie musste es wissen.

„Vielleicht..."

„Ja?" Er wandte ihr seinen nun strengen Blick zu.

Sie räusperte sich. „Vielleicht ist eine der anderen Frauen aus deinem Harem nett zu deinen Kindern?"

Zyir antwortete nicht. In diesem Moment hörte die Musik auf und seine Kinder erschienen vor ihnen. Sie wirkten zurückhaltend und ängstlich, während sie darauf warteten, dass Zyir ihnen die Erlaubnis gab, sich zu nähern.

Ashley beugte sich mit einem einladenden Lächeln vor und zwang Zyir damit, seine Hand von ihrem Rücken zu nehmen. Die Gesichter der Kinder hellten sich auf, als sie ihre Aufmerksamkeit auf sie richtete, und sie plauderten, verzaubert von der Aufmerksamkeit. Ihr zurückhaltendes Verhalten verwandelte sich in warme Lächeln und Lachen. Dayana unterstrich ihr Gespräch mit kurzen Berührungen an Ashleys Hand, als ob sie sich vergewissern müsste, dass sie echt war, als ob sie diesen physischen Kontakt bräuchte. Währenddessen rutschte Talmon mit seinem Hintern auf dem Sitz näher an Ashley heran, bis er sich an sie lehnte. Ashley bewegte ihren Arm, bis er um Talmons Schultern lag, während er mit ihr sprach, sein Gesicht vertrauensvoll zu ihr aufgerichtet.

Nachdem Talmon fertig gesprochen hatte, blickte Ashley zu Zyir, dessen Gesicht einen Ausdruck trug, den sie nicht deuten konnte, und er wandte sich zu schnell ab, als dass sie ihn hätte entschlüsseln können. Sie unterhielt sich weiter mit den Kindern, gratulierte ihnen zu ihrem Gesang, fragte sich aber die ganze Zeit, was hinter Zyirs mangelnder Reaktion auf ihre Frage über den Harem steckte. Was verheimlichte er vor ihr?

Sobald sie konnte, entschuldigte sich Ashley und suchte ihre Zofe auf. Mit jedem Tag war sie der Frau gegenüber zugeneigter geworden, die mehr als glücklich war, der ausländischen Herrin alles mitzuteilen, was sie wusste, im Austausch für Englischunterricht.

Es dauerte nicht lange, bis sie die Antwort auf ihre Frage fand. Mit einem Lachen informierte ihre Zofe sie, dass nein, Seine Hoheit nicht wie sein Vater sei und nie einen Harem gehabt habe. Ashley konnte kaum mehr tun, als ihrer Zofe für die Information zu danken und den Zorn zu unterdrücken, der bei dieser Nachricht durch sie hindurchgeschossen war. Immer noch vor Wut kochend kehrte sie zu den Feierlichkeiten und ihrem Platz neben Zyir zurück.

Ein Blick auf Zyir zeigte, dass er mit seinen Kindern entspannter umging als zuvor. Sie saßen um ihn herum, Talmon hielt sein Gewand fest, Dayanas sonniges Gesicht war ihm zugewandt, während sie plauderte und Zyir zuhörte. Ashley kochte innerlich, als sie sich den Musikern zuwandte, deren Auftritt sich dem Ende näherte. Die komplizierten Melodien, die den lautenähnlichen Ouds entlockt wurden, verlangsamten sich und verwandelten sich in atmosphärische Klänge, die in der Luft hingen. Im Gegensatz zu der beruhigenden Musik wurde Ashley immer wütender. So wie Zyir sie mit dem Verlagsvertrag für das Harem-Buch betrogen hatte, so sehr betrog er sie mit seinem Drängen, *seinem* Harem beizutreten - einem Harem, der nicht existierte und nie bestanden hatte. Sie kochte vor Wut, und alle Gedanken an das, was sie später am Abend mit diesem Mann vorhatte, waren vergessen.

Zyir neigte vertraulich den Kopf zu ihr. „Und welche Gedanken lassen deine wunderschönen Lippen so grimmig aussehen?"

Ihre Lippen wurden noch etwas schmaler. Sie sah ihn nicht an. „Ich habe von deinen Harems gehört."

Er grunzte. „Mein Land hat eine lange Tradition von Harems, wie du weißt." Sie spürte seine Hand wieder an ihrem unteren Rücken und erinnerte sich an ihre Intimität der letzten Nacht. Sie knirschte mit den Zähnen. Sie würde sich nicht ablenken lassen. „Aber keine der Frauen war so herrlich wie du."

Sie schloss die Augen und sog scharf die Luft ein. Sie musste sich konzentrieren. Sie *musste* es. Sie konnte nicht zulassen... Ihre Gedanken schweiften ab, als er seine Hand tiefer gleiten ließ, von niemandem gesehen, und sein Mittelfinger durch die feinen Seidenschichten ihres Kleides die Spalte zwischen ihren Pobacken fand. Er neckte sie, wohl wissend, dass sie einen starken Willen und unfehlbare Kontrolle hatte, wenn sie nicht von den Begierden ihres Körpers abgelenkt wurde. Aber sie weigerte sich, sich ablenken zu lassen.

„Als ich hierherkam, sagtest du, ich könne deinem Harem beitreten, wenn ich meine Recherchen machen wollte, und ich stimmte zu."

Er nickte. „Sprich weiter."

„Ich stimmte zu, weil ich dir glaubte, als du sagtest, du *hättest* einen Harem, und der einzige Weg, ihn zu verstehen, sei, ihm beizutreten."

„Ich habe nie gesagt, dass ich einen Harem habe, du hast das angenommen."

„Aber du hast mich in dem Glauben gelassen."

„Ich war verärgert."

„Warum? Weil ich mich für dein Land interessierte? Weil ich mehr über eure Bräuche herausfinden wollte?"

„Weil du, Ashley, glaubtest, dass diese Dinge auf mich zuträfen."

„Du bist ein Produkt deines Landes."

„Ich bin ein Individuum mit eigenen Überzeugungen, und doch sahst du mich einfach als Stereotyp. Ich glaubte, du würdest mich und die Wahrheit über meine Welt kennenlernen, wenn du ihr beitrittst. Ist es nicht das, was ihr Akademiker tut? He? Ihr lest die Worte, aber ihr versteht nie wirklich, bis ihr eine Meile in meinen Schuhen gelaufen seid. Ist das nicht der Ausdruck? Nun, das ist es, was ich wollte, dass du tust."

„Du hast mich getäuscht. Du hast mich glauben lassen, du hättest einen Harem, genau wie dein Vater und sein Vater vor ihm."

„Meine einzige Lüge war eine der Unterlassung. Aber wenn du es ausdrücklich hören willst – ich habe keinen Harem, ich hatte nie einen Harem, und ich wünsche mir auch nie einen Harem!"

„Aber all das, was du mir darüber erzählt hast, wie es ist, wenn die Frauen von den Männern getrennt gehalten werden, über die Traditionen deiner Familie."

Er zuckte mit den Schultern. „Die Traditionen stimmen. Aber vielleicht war in meinen Beschreibungen ein wenig künstlerische Freiheit enthalten."

„Ein wenig?"

Er zuckte wieder mit den Schultern, als ob es von geringer Bedeutung wäre. „Dann eben viel. Was macht das schon aus? Du kennst jetzt die Wahrheit."

„Nur weil ich es entdeckt habe. Wie lange wolltest du mich noch in diesem Glauben lassen? Wie lange, Zyir?"

Er antwortete ihr nicht, was eine Antwort für sich war. Er hätte es ihr nie erzählt, wenn er nicht gemusst hätte. Und warum nicht? Weil er sie genau da hatte, wo er sie haben wollte.

Sie schüttelte den Kopf und versuchte, die emotionalen Tränen zurückzuhalten. „Ich kann nicht glauben, dass du mir das angetan hast."

„Was denn? Ich war nur die Person, die du wolltest, dass ich bin. Ich habe dir nur die Gelegenheit gegeben, die du wolltest."

„Du hast mich reingelegt, Zyir." Sie wünschte, ihre Stimme hätte bei dem Wort „reingelegt" nicht so sehr gezittert. Sie stand auf und verließ den Raum, unbemerkt von allen außer ihm. Sie konnte seinen Blick auf sich spüren, als sie in einen Stuhl stolperte und dann mit der Türklinke herumfummelte, bevor sie die Tür öffnete und hinter sich zuschlug. Sie rannte den Korridor halb entlang, weg von ihm. Sie hatte Angst, er würde ihr folgen, dann hatte sie Angst, er würde ihr *nicht* folgen. Dann blieb sie stehen, als Stille sie umgab. Und sie wusste, er würde nicht kommen. Warum sollte er auch? Sie bedeutete ihm nichts. Er hatte sie genauso effektiv benutzt, wie sie ihn hatte benutzen wollen.

Morgen würde sie weg sein. Wenn er erwartete, dass sie ihre letzte Nacht in seinem mythischen Harem verbringen würde, hatte er sich geschnitten.

Zyir verließ die Festlichkeiten nach Ashley, nicht um ihr zu folgen, sondern um in seine Büros zurückzukehren. Er hatte zu arbeiten. Doch selbst als er sich in die vertraute Arbeit vertiefte, brachte sie ihm nicht den ersehnten Frieden. Stattdessen warf er seinen Stift hin und lief in seinem Arbeitszimmer auf und ab.

Er hatte geglaubt, seine Reaktion auf die Tatsache, dass Ashley nur in Irem war, um ein Buch über Harems zu recherchieren, sei gerechtfertigt gewesen. Er hatte angenommen, sie sei eine unwissende Westlerin, die ihre Karriere mit weiteren Lügen vorantreiben wollte, um Stereotypen über sein Land zu verstärken. Und er hatte entsprechend reagiert – sie zurückgetrickst, während er ihr die Wahrheit über sein Land zeigte. Es war ein gerechtfertigter Trick, sagte er sich. Aber er hielt mitten im Gehen inne und wandte sich zum Fenster, um in die Gärten zu blicken, über denen das Licht schwand. Warum fühlte er sich dann so schlecht?

Er schritt auf den Balkon hinaus und umklammerte die Steinmauer, während er in sein Land hinausblickte, als suche er nach Antworten. Doch er sah nichts außer den Bildern in seinem Kopf.

Von Ashley, wie sie auf ihrem Motorrad ankam; von Ashley, wie sie mit Staunen in den Augen die Moschee betrachtete; von Ashley, ihre Kurven kaum verhüllt von dem hauchzarten Stoff, den sie beim Betreten des Harems getragen hatte. Und dann, vor allem, von Ashley, ihr Gesichtsausdruck, ihr Mund geöffnet, reif zum Küssen, ihre Augen geschlossen, als sie aufschrie, während der Orgasmus, den er ihr geschenkt hatte, durch ihren Körper explodierte.

Er hatte noch nie eine Frau wie sie getroffen. Sie verzauberte seinen Geist, seinen Körper und... Er schloss die Augen, als ihn die Wahrheit traf. Tief in seinem Inneren, dort, wo sich normalerweise sein Herz befand, spürte er ein Ziehen. Er hatte es vom ersten Augenblick an gespürt, als er sie gesehen hatte, aber er hatte es ignoriert. Er hatte es auf einen Restschmerz geschoben, wie wenn ein Glied abgetrennt wird und die Nervenenden noch etwas spüren, noch glauben, es sei da. Er hatte sich geirrt. Dr. Ashley Maitland hatte auch sein Herz verzaubert - ein Herz, das noch sehr präsent zu sein schien. Ein Herz, das jetzt einer ehrgeizigen Akademikerin zu gehören schien, mit dem Verstand einer Intellektuellen und dem Körper einer Kurtisane. Er war ihr verfallen.

Er wandte der untergehenden Sonne den Rücken zu. Was würde er also tun? Er musste seine Taktik ändern. Er wollte sie länger als nur für eine weitere Nacht. Und er wusste, dass seine Kinder dasselbe wollten. Wie sie sich bei ihr verhalten hatten, war nichts weniger als erstaunlich gewesen. Sein schüchterner Sohn, seine eigenwillige Tochter, beide waren zu Ashley hingezogen worden, als wären sie ausgehungert nach etwas. Er wusste jetzt, was das war. Er hatte nicht nur sein eigenes Herz ignoriert, sondern auch die seiner Kinder.

Zyir liebte seine Kinder, aber er wusste, dass er sie aus der Distanz liebte. Und Ashley hatte diese Distanz mühelos überbrückt. Er war dazu erzogen worden, distanziert zu sein, Kontrolle zu haben, und er hatte seine Lektionen gut gelernt. Aber Ashley hatte ihm eine größere, mächtigere Lektion erteilt, und er akzeptierte auch diese Lektion.

Er würde sie heiraten. Er hatte keine Wahl. Sie würde ein Gewinn für ihn, seine Kinder und sein Land sein. Er nickte, erleichtert, wieder die Kontrolle zu haben. Er würde die Papiere aufsetzen lassen. Er nahm sein Telefon und rief seinen Assistenten. Er hatte zu arbeiten. Er würde in dieser Nacht zu Ashley in den Harem gehen, nachdem die Papiere vorbereitet waren.

Ashley hatte den Rest des Nachmittags damit verbracht, zu überlegen, was zum Teufel sie tun sollte. Sie hatte ihr Herz, ihren Körper und ihre Seele an einen Mann verloren, der sie in eine Situation getrickst hatte, in die sie Hals über Kopf gestürzt war. Das Problem war, dass sie vergessen hatte, einen Rettungsplan aufzustellen. Die Geschichte hatte sich wiederholt. Sie wusste das intellektuell, aber dieses Wissen hatte sich nicht auf ihr Herz ausgedehnt.

Es hatte nicht lange gedauert, bis sie zu einer Entscheidung gekommen war. Denn es konnte nur ein

Ergebnis geben. Sie würde gehen, und zwar sobald es hell wurde. Es gab keinen anderen Weg. Sie warf einen kurzen Blick durch das schöne Schlafzimmer, in dessen Ecke ihre gepackte Tasche stand. Sie würde nur zurückkehren, um ihre Tasche zu holen.

Sie öffnete die Tür und trat hinaus in den Säulengang, und ging den Weg zum Harem zurück. Nur eine Stunde dort, um Zyir ihre Entscheidung mitzuteilen, und dann würde sie zurückkehren. Sie hatte erwogen, nicht in den Harem zu kommen, aber es war ihre letzte Nacht, und wo wäre es besser, die Beziehung zu dem Mann zu beenden, der sie in einen Harem geführt hatte, der gar nicht existierte?

Sie war sich allem um sie herum und in ihr bewusst. Vom Plätschern des Wassers im Brunnen des Innenhofs bis zum Pulsieren ihres Herzens – beharrlich und fordernd. Sie stand da – nicht in den Gewändern der Verführung gekleidet, sondern in den schlichten Roben, in denen sie in Irem angekommen war – und blickte auf die Tür, während sie nervös ihre Hände rang. Sie hatte keine Angst vor dem, was sie ihm sagen musste, oder vor seiner Reaktion. Nein, wovor sie Angst hatte, war schwach zu werden.

Als es an der Tür klopfte, zuckte sie zusammen, zwang ihre Hände an die Seiten und holte tief Luft.

„Herein", rief sie, ohne sich von ihrer Position in der Mitte des Raumes zu bewegen, umgeben von dem Glamour, dem Reichtum der Dekorationen, durchdrungen von der uralten Atmosphäre der Gebäude. Trotz ihrer kurzen Zeit im Harem fühlte sie sich dort zu Hause und dachte nie an die Geräusche, Gerüche und Anblicke der Stadt, die sie in England zurückgelassen hatte. Das schien ihr jetzt die fremde Welt zu sein. Sie hatte ihr Herz nicht nur an den Scheich verloren, sondern auch an das Land. Aber es konnte keinen Unterschied für ihre Zukunft machen.

Er betrat den Raum, warf einen Blick auf sie und hielt inne. „Was ist los? Was ist passiert?"

Es schien, dass auch er aufmerksam war, was sie betraf. Ihr Liebesspiel hatte die Grenzen zwischen ihnen niedergerissen. Sie fragte sich, wie sie um alles in der Welt voneinander getrennt überleben würden. Aber überleben mussten sie.

„In den letzten paar Tagen ist ziemlich viel passiert. Findest du nicht?", sagte sie und war erleichtert, dass ihre Stimme ruhig klang.

Er hielt ihren Blick fest, bevor er ihn abwandte und nickte. Er sah sich im Bett um, das sie von seiner luxuriösen Bettwäsche entblößt hatte. Nur die durchsichtigen Vorhänge hingen schlaff in der Stille der Nacht. Er wandte sich wieder ihr zu, als hätte er verstanden, was er gesehen hatte.

„Du bist immer noch wütend wegen meines Harems."

„Deines *imaginären* Harems", verbesserte sie. „Du hast mich reingelegt, Zyir."

Er verschränkte die Arme und hielt ihren Blick fest. „Ashley, du bist unter falschem Vorwand hierhergekommen. Ich denke kaum, dass du unschuldig bist."

Sie schluckte, als sie spürte, wie Emotionen in ihr aufstiegen. Sie musste sie in Schach halten, wenn sie irgendeine Kontrolle behalten wollte. „Vielleicht nicht. Aber..." Sie war gezwungen, den Blick abzuwenden, als sie spürte, wie heiße Tränen gegen ihre Augen drückten.

Er seufzte und ging zu ihr hinüber, wobei er einige

Papiere in die Tasche seines Gewandes steckte. Er nahm ihre Hand und küsste sie, und in diesem Moment wusste Ashley, dass die Chance, aus ihrer letzten gemeinsamen Nacht unberührt von Zyir hervorzugehen, nicht existierte.

„Ashley, wir können das hinter uns lassen."

Sie sah ihn an, ohne sich darum zu kümmern, ob er die Tränen in ihren Augen sah. Sie schüttelte den Kopf. „Du irrst dich. Das können wir nicht."

„Warum nicht?"

„Weil ich dir nicht vertrauen kann?"

„Ein Fehler und du kannst mir nie wieder vertrauen?"

Er verstand es nicht, aber wie konnte er auch, ohne dass sie ihm etwas erzählte, was nur wenige Menschen wussten? Sie holte tief Luft, um Mut zu fassen. Sie würde es ihm einmal erzählen, und dann würde er es wissen.

„Es ist nicht so einfach."

„Doch, das ist es."

„Du verstehst das nicht."

„Dann erkläre es mir."

„Ich... Es..." Sie brach ab. Wie konnte sie ihm erzählen, was passiert war?

„Nur zu."

„Es passierte, als ich achtzehn war." Sie lächelte kurz und versuchte mutig zu sein. Es verschwand so schnell, wie es gekommen war. „Er war mein erster Freund. Ich war schüchtern, verlegen wegen meiner Figur und vermied es auszugehen. Bis ich Ian traf. Ich konnte es nicht glauben, als er eines Tages im Unterricht zu mir kam und mich um ein Date bat."

Sie schwieg für einige Momente, als sie sich an die

Ereignisse jener Nacht vor sechs Jahren erinnerte. Sie zwang sich weiterzumachen, sich der Demütigung jener Nacht und ihrem Vermächtnis zu stellen.

„Ich verliebte mich in ihn. Heftig." Sie verzog das Gesicht, als sie sich zwang, sich zu erinnern. „Aber dann entdeckte ich, warum er mich überhaupt angesprochen hatte, warum er in der Nacht unseres ersten Dates mit mir geschlafen hatte. Es war nur wegen einer Wette. Eine Wette für ihn, Sex mit dem *dicksten* Mädchen der Klasse zu haben."

Zyir zog sie in eine heftige Umarmung und küsste ihren Kopf. „Das ist lächerlich! Du bist wunderschön, und ich bin nicht dieser Junge, Ashley. Ich bin ein Mann, der so etwas niemals tun würde, niemals zu solchen Tiefen sinken würde. Du darfst nicht zulassen, dass diese eine Nacht dein Leben beeinflusst."

Sie löste sich von ihm. „Oh, aber die Folgen dauerten länger als eine Nacht. Ich wurde schwanger, weißt du. Meine Mutter bestand darauf, dass ich abtreibe. Sie hasste Männer für das, was mein Vater ihr angetan hatte, als er mich in jungen Jahren verließ. Und auch ich vertraute nie wieder einem Mann. Stattdessen schmiedeten wir einen Plan, einen ehrgeizigen Plan für meinen Aufstieg in der akademischen Welt - einer Welt, in der ich meinen Körper verleugnen und mich auf den Geist konzentrieren konnte."

Er schüttelte den Kopf. „Du wurdest in die Irre geführt."

Wut flammte in ihr auf. „Ich habe eine Karriere für mich gefunden - eine erfüllende Karriere."

Wieder schüttelte er den Kopf. „Du hast mir Rumi

zitiert, und jetzt werde ich ihn dir zurückzitieren. Du hast deinen inneren Hunger mit etwas Äußerem gestillt, etwas Materiellem, etwas Unwichtigem. Um Rumi zu zitieren: ‚Du verpasst den Garten, weil du eine kleine Feige von einem zufälligen Baum willst.‘“

Sie runzelte die Stirn, als sie versuchte, gegen die Bedeutung anzukämpfen, die ihr langsam klar wurde.

„‚Lass dich still ziehen‘,“ fuhr Zyir fort. „Von der stärkeren Anziehungskraft dessen, was du wirklich liebst.‘“

„Was ich *wirklich* liebe? Und woher soll ich das wissen?“

„Du musst in dein Herz schauen. Es ist Zeit aufzuhören, dich zu verstecken.“

Sie zog ihre Hand von ihm weg. Er hatte sie reingelegt, und jetzt hatte er die Arroganz, ihr zu sagen, was sie tun sollte! „Vor dir, nehme ich an! Du wechselst das Thema, Zyir. Wir reden über *dich*. *Nicht* über mich! Ich habe versucht zu erklären, warum ich Männern nicht vertrauen kann.“

„Aber du musst wissen, dass du mir vertrauen kannst.“

„Das sind nur Worte, Zyir. Leere Worte. Ich kann Worten nicht mehr glauben. Ich brauche mehr als Worte, wenn ich wieder vertrauen soll.“

Sie löste sich aus seinen Armen und fuhr mit ihrem Gewand über ihr Gesicht, um ihre Wangen von den Tränen zu befreien, die sie nicht einmal bemerkt hatte.

Sie ging zum Fenster und öffnete es, weil sie die Nachtluft in ihrem Gesicht brauchte, weil sie ihn nicht ansehen musste. Momente vergingen, während sie tief atmete, und er gewährte ihr diese. Dann gingen die Momente in eine Stille über, die schwerer war als zuvor, und sie wusste, bevor sie sich umdrehte, was sie vorfinden würde.

Er war gegangen.

Sie war allein im Harem, der Zeuge geworden war, wie sie sich in einen Mann verliebt hatte, den sie nicht haben konnte. Einen Mann, der ihr anscheinend nichts als Worte zu geben hatte.

KAPITEL 11

Zyir rauschte durch die Türen und Gänge zurück zu seinen Gemächern, wobei er nichts anderes sah als den Gesichtsausdruck von Ashley. Er musste gehen, denn es war klar, dass es nichts gab, was er sagen konnte, um ihr Vertrauen zu gewinnen.

Der Ehevertrag raschelte in seinen Gewändern, als er ging, und erinnerte ihn daran, wie er sich nur Stunden zuvor vorgestellt hatte, dass er ihn ihr einfach präsentieren, einen Heiratsantrag machen und alles gut sein würde.

Er seufzte und schüttelte den Kopf. Wann war jemals irgendetwas so einfach gewesen?

Er würde sie später sehen, und dann würden sie ein vernünftiges Gespräch führen. Es würde schon gut werden. Er würde es *in Ordnung bringen*. Aber als er den Harem verließ, fühlte es sich nicht so an, als würde es jemals gut werden.

In seinem Herzen wusste er, dass sie so abrupt gehen würde, wie sie gekommen war. Aber die Spuren ihres Besuchs würden nicht so leicht verwischt werden wie die

Spuren, die sie in der Wüste hinterlassen hatte und die nun vom windgepeitschten Sand bedeckt waren. Er und seine Kinder würden für immer auf einer grundlegenden Ebene verändert sein, weil sie sie kennengelernt hatten. Sie hatte Schönheit und Liebe in seine verschlossene Zitadelle gebracht, und sie alle waren dadurch besser geworden. Er wünschte, der Schmerz würde vergehen, aber er wusste, dass das nie passieren würde.

Er kehrte nicht in seine eigenen Räume zurück, sondern in die, die einst seiner Mutter gehört hatten. Er ging selten dorthin, wusste aber, dass seit ihrem Tod nichts aus ihnen entfernt worden war. Sein Vater – allen anderen gegenüber streng – hatte seine schöne Mutter vergöttert und sich nie von ihrem vorzeitigen Tod erholt.

Er öffnete die Türen und nahm sich einen Moment Zeit, um sich im Mondlicht umzusehen. Es roch noch immer nach ihr. Er atmete kurz ihren Duft ein und erlaubte sich, sich daran zu erinnern, wie liebevoll sie gewesen war, wie zärtlich als Mutter, wie hingebungsvoll. Irgendwie hatte er das im Laufe der Jahre vergessen. Aber er war nicht hier, um sich zu erinnern. Er knipste das Licht an und sah sich um. Wo konnte sie nur sein?

Dann fiel sein Blick auf ihr Schmuckkästchen. Er öffnete sie und überprüfte die Fächer, aber er fand nichts. Dann betrachtete er die Sammlung von Fotografien auf einem Beistelltisch. Dazwischen stand eine herzförmige, massive Goldschatulle. Er ging hinüber und nahm ein Foto nach dem anderen in die Hand. Seine Mutter hatte sie vor Jahren genau an diesen Platz gestellt, und nur die Putzfrauen hatten dafür gesorgt, dass sich kein Staub ansammelte. Da war ein Foto von ihm als Baby in ihren Armen und ein Foto von seinem Vater mit einem Lächeln, wie er es noch nie auf seinem Gesicht gesehen hatte. Er runzelte die Stirn, als er sich an den Mann erinnerte, der sein Vater nach dem Tod seiner Mutter geworden war. Die Flut der Frauen, die Härte seiner Herrschaft und wie er seinen einzigen Sohn ignoriert hatte. Dann betrachtete er ein Foto seiner Mutter, aufgenommen an ihrem Hochzeitstag. Er nahm es in die Hand.

Sie sah strahlend aus, ganz anders als die gezeichnete Frau, die nach einem langen Kampf gegen den Krebs gestorben war. Es zerriss ihm das Herz, sie zu sehen, wie er wusste, dass es passieren würde. Es war das, was er all die Jahre vermieden hatte. Er vermisste sie. Ein Kloß bildete sich in seinem Hals. Er vermisste die Frau, die Liebe, Fürsorge und Zärtlichkeit mit all der Kraft ihres liebenden Herzens über ihn ausgegossen hatte. Er vermisste sie.

In diesem Moment bemerkte er aus dem Augenwinkel eine Bewegung, und er blickte hinüber, um zu sehen, wie ein Schmetterling durchs Fenster hereinflatterte und sich über sein Blickfeld bewegte, kurz auf dem Fotorahmen landete, bevor er weiterflog, zum Fenster zurückkehrte und sich in den dunklen Schatten der Morgendämmerung verlor.

Es war, als wäre sie zurückgekehrt, um ihn zu trösten. Er küsste das Gesicht seiner Mutter und stellte dann die Fotografie wieder an ihren Platz zurück.

„Ich nehme an, du bist einverstanden, Mutter", sagte er mit einem Lächeln. Er wischte sich mit dem Handrücken über die Augen, als er die herzförmige Box öffnete und fand, wonach er suchte. Die Verlobungs- und Eheringe seiner Mutter.

Er hob sie ins Licht. Sie waren wunderschön. Der

Verlobungsring war ein herzförmiger Rubin, umgeben von Diamanten, während der Ehering ein goldenes Band war, besetzt mit Diamanten. Für seine erste Ehe hatte er sie nicht gewollt. Diese Ehe war politisch gewesen, sie war lieblos gewesen, und die Ringe seiner Mutter wären völlig unpassend gewesen. Aber jetzt? Jetzt waren die Dinge ganz anders.

Mit einem letzten Blick auf das Foto seiner Mutter, das nicht mehr schmerzhaft, sondern beruhigend war, als ob sie seine Entscheidung billigte, schaltete er das Licht aus und verließ den Raum.

Es war noch zu dunkel, als dass Ashley schon hätte gehen können. Aber der Zeitunterschied bedeutete, dass sie mit ihrer Universität kommunizieren konnte, was sie tat.

Es war nicht schwer gewesen, alles aufzugeben, wovon sie jahrelang geträumt hatte. Die Kündigung an der Universität, der Rücktritt vom Buchvertrag. Der Grund war, dass es nie wirklich ihr Traum gewesen war. Es war ein Traum gewesen, den sie und ihre Mutter ausgeheckt hatten, um Ashley vor dem Schaden zu schützen, der in jener Nacht angerichtet worden war, als sie ihre Unschuld verloren hatte, genommen von einem Jungen aufgrund einer Mutprobe. Es gab ihr Leben vor dem Verlust ihrer Unschuld, mit verheerenden Folgen, und ihr Leben danach. Aber jetzt wusste sie, dass es Zeit war, ein neues Kapitel zu beginnen. Und es würde nicht auf Angst basieren.

Zyir hatte recht gehabt. Sie hatte sich so viele Jahre lang auf die falschen Dinge konzentriert. Aber jetzt konnte sie klar sehen, und es war Zeit für eine Veränderung.

Ashley schloss den Laptop mit einem erleichterten Seufzen. Sie war damit fertig, zumindest vorerst. Was vor ihr lag, wusste sie nicht. Alles, was sie wusste, war, dass es näher an dem sein würde, was sie wirklich wollte. Sie glaubte nicht, dass sie sich jemals in ihrem Leben so erschöpft gefühlt hatte. Lustlos drehte sie den Kopf und blickte auf den Vorhang, der sich in der stillen Morgenluft nicht bewegte. Er sah genauso energielos und leblos aus, wie sie sich fühlte.

Sie fühlte sich taub, bar jeder Emotion, als ob nichts sie je wieder bewegen könnte. Sie seufzte erneut tief und vergrub ihr Gesicht in den Händen, während ihr Herz wie zum Protest zuckte und sich ihre Kehle zusammenzog, um die Gefühle zurückzuhalten, die drohten, sie erneut zu überwältigen.

Sie hatte es geschafft. Fertig mit der Universität, fertig mit ihrem alten Leben... und ihrem gegenwärtigen Leben. Alles, was sie noch tun musste, war ein neues Leben zu finden. Ein neues Leben für sich allein. Ihre Karriere lag in Trümmern, ebenso wie ihr Herz. Aber sie würde beides wieder in Ordnung bringen. Sie war entschlossen. Ab jetzt.

Sie sprang auf und überprüfte ihr Handy. Zyir, schon wieder. Er hatte die ganze Nacht nicht aufgehört, sie zu kontaktieren und um ein Treffen zu bitten. Sie hatte keine seiner Nachrichten beantwortet und hatte auch nicht vor, ihn noch einmal zu sehen, bevor sie ging. Die ganze Zeit, in der sie ihr Herz an ihn verlor, hatte er sie einfach zum Narren gehalten. Nun, sie war keine Närrin mehr.

Sie sah sich um. Es würde nicht lange dauern, ihre Sachen zusammenzupacken. Dann ab auf ihr Motorrad und los auf die offene Straße, wohin auch immer sie sie führen würde. Sie würde frei sein. Frei, wiederholte sie, in dem Versuch, mit dem Wort Begeisterung zu erzeugen. Aber es fühlte sich jetzt tot und leer für sie an.

Aber sie würde nicht gehen, ohne sich von Dayana und Talmon zu verabschieden. Ein Blick auf die Uhr bestätigte ihr, dass sie noch ein paar Stunden Zeit hatte, bis es hell wurde und sie die beiden sehen konnte.

Sie verließ den Raum, um die verbleibenden Stunden der Dunkelheit damit zu verbringen, ihre Schritte durch den Palast zurückzuverfolgen und ihren Kopf mit Erinnerungen zu füllen, die alles sein würden, was ihr von dieser Woche bleiben würde, die ihr Leben verändert hatte.

Wo zum Teufel war sie? Zyir war zu den Zimmern seiner Kinder gegangen, nachdem er Ashley nicht finden konnte. Ihr Zimmer hatte keine Hinweise geliefert. Es war ordentlich, ihre Sachen in einen Rucksack neben der Tür gepackt, bereit für sie, um bei Tagesanbruch zu verschwinden, zweifellos. Er bezweifelte, dass sie gehen würde, ohne sich von den Kindern zu verabschieden. Er zweifelte nicht daran, dass sie gehen würde, ohne sich von ihm zu verabschieden.

Als zusätzliche Versicherung hatte er ihren Rucksack mit in die Suite der Kinder gebracht, und dort wartete er darauf, dass der Tag anbrach und seine beiden Kinder aufwachten.

Bei Tagesanbruch ging Ashley, um die Kinder zu sehen. Sie waren nicht da, also wurde sie auf die Terrasse gebracht, um auf sie zu warten. Sobald sie nach draußen trat, sah sie sich um. Zuerst konnte sie niemanden sehen. Aber sie wusste, dass sich etwas verändert hatte. Noch bevor sie über die Gärten blickte, war etwas anders in der Luft, wie ein flackernder Schatten, der das Land von der

Intensität der Sonne befreite, tanzendes Licht, wie Sonnenlicht durch Blätter.

Sie runzelte die Stirn. Sie ging zum Rand der Terrasse und blickte über die Gärten. Nichts war mehr wie zuvor. Meilenweit flackerten die Gärten unter einer sich bewegenden Wolke. Zuerst konnte sie nicht erkennen, was es war. Es schien eine riesige Wolke zu sein, die sich auf und ab und herum bewegte wie eine fremdartige Spezies. Doch dann drang der Klang zu ihr, leichtes Flattern, verhundertfacht. Und ein Schmetterling landete auf ihrer Hand – Teil der Wolke, die um sie herumschwebte, als würde sie sie willkommen heißen. Sie spürte das leiseste Kitzeln, als er für eine Sekunde auf ihrem Handrücken landete, bevor er mit den anderen davonflog – eine Wolke aus Braun, gesprenkelt mit Orange – die den blauen Himmel mit ihrem flatternden Klang und ihrer sich verändernden Form füllte.

Aber dies waren nicht die Puppen, die an den Pflanzen und Blumen in den Gärten unten hingen, es waren zu viele. Sie blickte nach Westen, wo die Berge waren, und sah, wo die Wolke der Schmetterlinge begann. Sie beobachtete, wie sie ihren Weg fortsetzte, sich kurz auf den Gärten unten niederließ – neue Bestäubung brachte, ihre Vitalität verstärkte – bevor sie ihren Weg zu unbekannten Zielen fortsetzte.

Sie hätte nicht sagen können, wie lange sie dagestanden und die sich verändernde Wolke von Schmetterlingen beobachtet hatte, die über das Land zog. Zyir hatte sich immer eine Wolke von Heuschrecken vorgestellt, die über Irems kostbare Gärten herfielen und sie ihres Reichtums beraubten. Doch hier gab es keine Heuschrecken. Nur Schmetterlinge, die Pollen von Wildblumen brachten und Pollen mitnahmen. Die den Kreislauf des Lebens vervollständigten. Als sie so dastand und die Wolke vorbeiziehen sah, dachte sie, dass sie diesen Augenblick nie vergessen würde.

Dann hörte sie seine Stimme und wusste, dass sie gehen musste. Sie hätte nie kommen sollen, hätte nie so lange auf der Terrasse bleiben sollen. Aber bevor sie Zeit hatte zu gehen, hörte sie Zyir und seine Kinder die Terrasse betreten, auf der sie stand. Sie bewegte sich hinter einen Raumteiler.

Das Erste, was ihr auffiel, war, dass er die Hände seiner Kinder hielt.

„Schau, Talmon, schau dir die Schmetterlinge an."

Das Zweite, was ihr auffiel, war sein Ton, nicht mehr herrisch, sondern warm und sanft.

„Aber Papa, was machen sie hier?"

Er schwieg für einige Momente und Ashley hielt den Atem an, gespannt, was er sagen würde.

„Was sie hier machen?" Er antwortete mit einer Stimme voller Staunen. „Sie folgen ihrem Geist, folgen ihrem Herzen."

„Haben Schmetterlinge denn Herzen?", fragte Talmon.

Zyir ging in die Hocke und legte seine Arme um seine beiden Kinder. „Jedes Wesen auf diesem Planeten hat ein Herz. Wie könnte es sonst leben?"

„Dummerchen!", sagte Dayana. „Man braucht ein Herz, um das Blut durch den Körper zu pumpen." Sie blickte zu ihrem Vater auf und suchte nach Bestätigung. „Stimmt das nicht, Papa?"

Das Lächeln, das er seiner Tochter schenkte, ließ auch Ashleys Herz schmelzen, besonders als sie sah, wie Dayanas Wangen vor Freude erröteten. „Du hast recht, meine Liebe. Aber ihre Herzen werden für mehr als das gebraucht." Er blickte über den Garten, sein Blick nun unfokussiert, als würde er in einen fernen Ort schauen, der nur in seinem Geist existierte. „Das Herz wird für die Liebe gebraucht. Und ohne das ist die Existenz nicht vollständig."

„Also müssen Schmetterlinge auch lieben?", sagte sein ernster Sohn.

„Zweifellos", sagte Zyir. „Sie brauchen das Blut, das das Herz durch ihre Körper pumpt." Er nickte seiner Tochter zu. „Und sie brauchen die Liebe, die das Zusammensein mit den anderen Schmetterlingen ihnen bringt."

Ashley lehnte sich gegen die Wand, plötzlich fühlte sie sich schwach.

„Wohin fliegen sie?", fragte Talmon.

„Ich weiß es nicht, Talmon, aber wohin sie auch fliegen, sie werden ihre Schönheit mit sich nehmen und um sich herum Magie erschaffen."

„Wie Ashley", sagte Talmon und steckte einen Daumen in den Mund.

Zyir versteifte sich. Ashley beobachtete, wie er seinen Sohn fest an sich zog. „Ja, genau wie sie."

Ashley konnte es nicht länger ertragen. Es war ihr egal, ob sie dachten, sie hätte gelauscht. Sie trat hinter dem Raumteiler hervor.

Drei Gesichter wandten sich wie eines, um sie anzustarren. Talmons Gesicht strahlte vor Glück, seinen Daumen hatte er vergessen. Dayana grinste. Aber es war Zyirs Gesicht, das ihre Aufmerksamkeit fesselte und festhielt. Sie glaubte nicht, dass sie ihn je so verletzlich oder überrascht gesehen hatte. Sie zwang sich, die Kinder anzusehen, als sie auf sie zuging.

„Ashley!", riefen die beiden Kinder, bevor sie zu ihr liefen. Sie kniete sich hin, öffnete ihre Arme für sie und gab ihnen eine große Umarmung. „Wir dachten, du wärst gegangen", sagte Talmon.

„Ich würde nicht gehen, ohne mich zu verabschieden", sagte Ashley.

Dayanas Gesicht fiel in sich zusammen. „Also gehst du trotzdem?", sagte sie mit leiser Stimme. Talmons Daumen schwebte jetzt, bereit, in seinen Mund gesteckt zu werden, falls Trost nötig wäre.

„Ich... ich bin mir nicht sicher. Es gibt etwas, was ich zuerst tun muss."

„Und dann könntest du dich entscheiden zu bleiben?", fragte Talmon.

Sie nickte kurz. „Vielleicht", flüsterte sie. Sie begegnete Zyirs Blick und wusste, dass sie ihn in nächster Zeit nicht würde abwenden können.

„Kinder, es ist Zeit für euer Frühstück", sagte Zyir bestimmt.

Es war noch nicht Zeit für ihr Frühstück, aber sowohl Dayana als auch Talmon waren zu wohlerzogen, um ihren Vater in Frage zu stellen. Er drehte sich um und winkte dem Kindermädchen, das im Zimmer war, und sie rief die Kinder, die hineingingen und Ashley und Zyir allein ließen.

Ashley ging zum Rand der Terrasse, sodass sie neben ihm stand, und folgte seinem Blick zu den sich entfernenden Schmetterlingswolken.

„Ich frage mich, wohin sie fliegen", sagte sie, den Blick auf die flatternden Schmetterlinge gerichtet. Sie spürte seine Augen auf sich, bevor er sich wieder der Aussicht zuwandte.

Er zuckte mit den Schultern. „Wer weiß? Aber wo auch immer es ist, die Menschen werden staunend ihre Augen zum Himmel erheben. So ein Anblick wurde seit hundert Jahren nicht mehr gesehen."

„Es reicht aus, um an Magie zu glauben", sagte sie und wiederholte das Wort, das er zuvor zu seinen Kindern verwendet hatte. Aus dem Augenwinkel sah sie, wie er seine Hände über der Mauer bewegte. Dann wandte er sich ihr zu.

„Du hast mich also gehört. Du hast gehört, wie ich mit den Kindern gesprochen habe."

„Ja, es tut mir leid, dass ich gelauscht habe. Ich war gekommen, um sie zu finden, um mich zu verabschieden."

„Du hast also vor, zur Universität zurückzukehren."

„Nein. Ich kehre nicht nach Oxford zurück. Ich habe gekündigt."

„Du hast was?"

„Ich habe an der Universität gekündigt. Etwas, das du gesagt hast, über das Folgen dessen, was wirklich in meinem Herzen ist. Du hast mir gezeigt, dass ich mich verkaufen würde, wenn ich ein Buch über etwas schreiben würde, für das ich nicht leidenschaftlich brenne."

„Gut. Dann macht es das einfacher..." Er verstummte, uncharakteristisch unsicher.

„Ich gehe trotzdem, Zyir. Ich bin nur gekommen, um mich zu verabschieden."

Er streckte die Hand aus und strich mit den Fingern über ihre Wange. Sie schloss die Augen und drehte sich um, um seine Handfläche zu küssen, bevor sie zu schnell davonglitt. „Du darfst dich nicht verabschieden."

„Du würdest es vorziehen, wenn ich ohne Abschied gehe? Einfach weggehe?"

„Gehen? Ich hatte mir vorgestellt, du würdest auf deinem Motorrad fahren."

„Du hast wirklich keine Bedenken, wenn ich gehe, oder?"

„Du irrst dich. Der Grund, warum ich nicht will, dass du dich verabschiedest, ist, weil ich nicht möchte, dass du gehst."

„Zyir, es gibt nichts, was du sagen kannst-" Sie verstummte mitten im Satz, als er in einer schnellen Bewegung eine herzförmige goldene Schachtel aus seiner Tasche holte und auf ein Knie ging. „Was machst du da?"

„Heirate mich, Ashley."

„Was? Ich..." Sie schüttelte den Kopf. „Was machst du da?"

„Ist das nicht offensichtlich? Ich bitte dich, mich zu heiraten." Er klappte die Schachtel auf und zog einen atemberaubenden Verlobungsring heraus. „Er gehörte meiner Mutter, und ich möchte, dass du ihn jetzt trägst." Er runzelte die Stirn angesichts ihres verblüfften Schweigens. „Ashley, weißt du nicht, dass ich dich liebe? Ich habe dich in dem Moment geliebt, als ich dich von deinem Motorrad steigen und in mein Leben treten sah. Ich wusste mit Sicherheit, dass ich dich liebte, als du anfingst, deine Geschichten zu erzählen. Und ich wusste in diesem Moment, dass ich ohne dich nie mehr derselbe sein würde. Bitte, würdest du mir die Ehre erweisen, meine Frau zu werden?"

Sie schüttelte den Kopf, fassungslos. In ihren kühnsten Träumen hätte sie sich nie vorgestellt, dass er ihr einen Antrag machen würde.

„Du denkst vielleicht, ich bin zu voreilig. Du denkst, drei Tage und drei Nächte sind nicht lang genug, um sich zu verlieben? Hm? Ich werde mich wieder auf Rumi berufen, um mich zu unterstützen. ‚*Liebende treffen sich nicht irgendwo zum ersten Mal. Sie sind die ganze Zeit ineinander.*‘ Ein weiterer Tag, ein weiteres Jahr hätte keinen Unterschied gemacht. Unsere Liebe existierte unser ganzes Leben lang in uns. Nur unser Treffen ist neu.“

Wieder schüttelte sie den Kopf, verwirrt von seinen Argumenten.

„Du brauchst mehr Beweise? Rumi, noch einmal. ‚*Wähle die Liebe, wähle die Liebe. Ohne diese wunderschöne Liebe ist das Leben nichts als eine Last.*‘“

„Bitte, Zyir, steh auf.“ Sie zog an seiner Hand, aber er bewegte sich nicht.

„Nicht, bevor du mir eine Antwort auf eine andere Frage gibst.“

„Welche?“

„Liebst du mich? Du kamst hierher auf der Suche nach Wissen. Ich möchte wissen, was du gefunden hast.“

„Zyir, mein ganzes Leben lang wollte ich unabhängig sein, frei, meinem eigenen Weg zu folgen, und hatte Angst, jemandem zu vertrauen. Und ich dachte, ich *wäre* frei, bis ich dich traf, aber jetzt erkenne ich, dass ich es nicht war. In Irem, bei dir, habe ich die Freiheit gefunden, nach der ich suchte, nicht durch Wissen, sondern durch Liebe.

Er schloss die Augen, und als er sie wieder öffnete, war die Anspannung verschwunden. „Dann bleib, Ashley. Bleib hier bei mir.“

Sie lächelte. „In deinem Harem?“

„Als meine Frau. Als meine Königin. Dr. Ashley Maitland, willst du mich heiraten?"

Ihr Grinsen wurde breiter. „Auf jeden Fall."

Endlich erhob sich Zyir. Alles, was sie hätte sagen wollen, wurde von seinem Mund verschluckt, der sich fordernd und beharrlich gegen ihren presste.

„Allerdings", sagte sie, als sie wieder auftauchte, „sollten wir definitiv noch einmal auf den Harem zurückkommen. Es hatte etwas sehr Sexy, für den Harem des Scheichs gehalten zu werden."

„Betrachte es als erledigt."

EPILOG

Ein Jahr später...

Zyir und Ashley, beide in traditionelle Gewänder gekleidet, beobachteten, wie die Gruppe von Universitätsprofessoren, die führende westliche Universitäten vertraten, zum Flughafen aufbrach. Ashleys Arbeit über die antike Architektur von Irem hatte sowohl im Ausland als auch im Inland großes Interesse geweckt, aber Zyir und Ashley waren vorsichtig gewesen. Es gab keine Pläne, ihr Land zu verändern, aber sie wollten es auch nicht länger geheim halten. Sie waren Teil der Welt und wollten sicherstellen, dass Irem und seine Bewohner verstanden und nicht in Unwissenheit gehalten wurden. Wo Unwissenheit herrschte, bestand die Gefahr von Instabilität und Krieg. Und das wollten sie für ihre Kinder nicht.

Während Dayana und Talmon mit ihrem Nachmittagsunterricht beschäftigt waren und ihre angesehenen Besucher abgereist waren, mussten Zyir und Ashley ihre

Wünsche nicht laut aussprechen. Es war immer so, dachte Ashley. Besonders jetzt, wo sie im sechsten Monat mit ihrem Kind schwanger war.

Ein paar Stunden später lag Ashley nackt auf dem Harembett, dessen zerknitterte Seidenlaken halb auf die luxuriösen Teppiche fielen, die jetzt die alten Böden des Harems bedeckten. Das gefilterte Sonnenlicht flackerte über ihren gerundeten, sechs Monate schwangeren Bauch, und ihre großen Brüste waren jetzt noch größer. Zyirs Sperma klebte in ihr und sickerte auf die Laken. Sie seufzte und fuhr mit den Fingern träge um seinen Samen an ihrem Geschlecht herum, zuckte zusammen, als sie ihre Klitoris berührte. Sie keuchte und öffnete die Augen.

Zyir saß auf dem thronartigen Stuhl des Scheichs vor dem Bett und beobachtete sie. Seine Augen waren verschleiert, sein Gewand offen und fiel zu Boden, während er seine Finger verschränkte und sie zu seinem Mund führte. Er bewegte sich nicht, fing nur ihren Blick mit einem Verlangen auf, das sie berauschte und von dem sie wusste, dass sie nie ohne es würde leben können.

Sie öffnete ihre Beine weiter und fuhr fort, mit ihren Fingern um ihre intimsten Stellen zu kreisen. Seine Augen verdunkelten sich vor Begierde, was sie so sehr erregte. Sie hatte ihn gerade erst gehabt, und doch wollte sie ihn schon wieder.

Sie streckte ihre Hand nach ihm aus. „Zyir." Mehr musste sie nicht sagen.

Sie widersetzte sich ihm nicht, als er sie sanft umdrehte, bis sie auf ihren Knien war und ihr Gewicht mit den Ellbogen abstützte, während er von hinten in sie eindrang.

Er blieb lange Sekunden bis zum Anschlag in ihr,

bevor er sich bewegte und sie mit allem verwöhnte, was er hatte - seinen Fingern, seinem Mund und seinem Schwanz. Aber es gab keine Eile. Sie hatten alle Zeit der Welt, um ihre Liebe füreinander zu zeigen, sowohl innerhalb als auch außerhalb des Harems.

Sie war vielleicht nicht an seinen Harem gebunden, aber sie war mit Sicherheit eine Sklavin der Empfindungen, die nur er ihr geben konnte - in ihrem Geist, in ihrem Körper und, am wichtigsten, in ihrem Herzen.

ENDE

LUST AUF MEHR SCHEICH-ROMANZEN? Dann probiere doch das erste Buch meiner Reihe „Geheimnisse der Scheichs". Es folgt ein Auszug.

Die Rache des Scheichs durch Verführung

Ein Scheich, der auf Rache aus ist, eine Engländerin, die in eine Falle gerät, eine Liebe, die nicht geleugnet werden kann...

NACHWORT

Liebe Leserin, lieber Leser,

Drei Tage sind nicht viel Zeit, um sich zu verlieben. Aber ich kenne Menschen, die sagen, dass sie sich auf den ersten Blick verliebt und innerhalb weniger Monate geheiratet haben. Obwohl sie durch frühere Beziehungen geprägt waren, wussten Zyir und Ashley instinktiv vom ersten Moment an, dass sie ihre Seelenverwandten getroffen hatten. Alles, was sie tun mussten, war, die Probleme anzugehen, die sie daran hinderten, sich zu finden und ihre Zukunft zu umarmen. Das war nicht einfach. Aber mit einer sexuellen Verbindung wie der ihren hatten sie einen großen Anreiz, es zu schaffen!

Die Poesie Rumis war eine Inspiration für die Geschichte von Zyir und Ashley. Genauso wie die alte Stadt Yazd im Iran - auf der das fiktive Land Irem basiert - mit ihren Lehmhäusern und Windtürmen, die kühle Wüstenbrisen in die Stadt leiten. Als ich diesen Artikel entdeckte, wusste ich, dass ich die Schmetterlinge einbauen musste.

In meiner neuesten Scheich-Serie gibt es zwar keine Schmetterlinge, dafür aber jede Menge Geheimnisse! In der **Serie Geheimnisse der Scheichs** geht es um eine geheime Rache, ein geheimes Baby und eine geheime Hochzeit.

Ich liebe Geheimnisse - aber nur in der Fiktion, im wirklichen Leben sind sie nur Ärger! Wenn mir jemand ein Geheimnis anvertrauen will, bitte ich ihn, es nicht zu tun. Denn ich bin ein offenes Buch und möchte die Geheimnisse der anderen **nicht** wissen, wenn ich vergesse, dass es Geheimnisse sind und sie ausplaudere! Aber Fiktion ist etwas anderes. Ich kenne die Geheimnisse dieser Scheichs und teile sie gerne mit euch...

-Die Geheimnisse der Scheichs -

Die Rache des Scheichs durch Verführung
Das geheime Liebeskind des Scheichs
Die Heiratsfalle des Scheichs

Was steht in Zukunft an? Ich habe eine seltsame Faszination für den Nahen Osten - mit seinen alten Zivilisationen und Kulturen -, der man schwer widerstehen kann. Wenn man diese Anziehungskraft mit Romantik verbindet, kann man mit weiteren Scheich-Romanzen rechnen, die auf euch zukommen. Denn wir alle könnten ein bisschen mehr Liebe in unserem Leben gebrauchen.

Wie Rumi sagte:

> *„Wähle die Liebe. Wähle die Liebe.*
> *Ohne diese wunderschöne Liebe*
> *Ist das Leben nichts als eine Last."*

Viel Spaß beim Lesen!

Diana
dianafraser.com

DIE RACHE DES SCHEICHS DURCH VERFÜHRUNG

BUCH 1 DER GEHEIMNISSE DER SCHEICHS

Ein Scheich, der auf Rache aus ist, eine Engländerin, die in eine Falle gerät, eine Liebe, die nicht geleugnet werden kann...

Scheich Rayan ibn Mohammed Aziz ist so kompromisslos wie die Wüste, in der er aufgewachsen ist. Als seine Halbschwester von einem englischen Aristokraten mittleren Alters verführt, verlassen und ruiniert wird, gibt es für Rayan nur einen Weg: Rache.

Lauren Alexandra Le Harivel, einziges Kind eines berüchtigten Frauenhelden, ist der Augapfel ihres Vaters.
Während er auf der Suche nach Vergnügen durch die Welt streift, bleibt sie allein zurück, um sich um das Familienanwesen zu kümmern und von einem anderen Leben zu träumen. Doch als ein dunkler, gut aussehender Fremder auf dem Familiensitz zu arbeiten beginnt und sie sich schön und begehrenswert fühlt, willigt sie ein, mit ihm in seine Wüstenheimat zurückzukehren.

Doch was als eine Möglichkeit für Rayan begann, seine Wut abzureagieren und den Tod seiner Schwester zu rächen, verwandelt sich unter der Hitze der Wüstensonne in etwas ganz anderes, und ihre Liebesaffäre erweist sich als noch heißer…

Auszug

Rayan spürte ein Kribbeln im Nacken und blickte zu dem mit Efeu bewachsenen Herrenhaus hinauf. Er glaubte, an einem der Fenster im zweiten Stock eine Bewegung zu sehen, aber sie war verschwunden, bevor er nachsehen konnte. Vielleicht hatte er es sich nur eingebildet. Vielleicht war es auch nur die Wärme der Sommersonne auf seinem Rücken. Er hatte vergessen, wie heiß englische Sommer sein können. Die Temperaturen reichten zwar nicht an die unerbittliche Hitze der Ahmar-Wüste heran, aber sie waren warm genug, um einem den Schweiß auf die Stirn zu treiben. Vor allem, wenn man eine edle Araberstute wie diese beschlug.

Er rieb dem Pferd die Flanke und beruhigte es, als es wieherte, als spürte es jemanden aus seiner Welt. Er nahm die Zügel und führte das Pferd in den Stall zurück. Erst als es sich bequem gemacht hatte, verließ er den Stall und schob das Tor hinter sich zu. Durch den oberen Teil der Stalltür streckte die Stute ihren Kopf heraus, als wolle sie die Verbindung nicht abbrechen. Rayan lächelte und rieb der Stute die Nase, während er ihr auf Arabisch Worte der Zuneigung zuflüsterte, Worte der Liebe, die er nur zu Tieren sprach. Tiere verrieten ihn nie. Solange man sie gut behandelte, konnte man sich auf ihre Liebe verlassen.

Plötzlich zuckten die Ohren des Pferdes und ihre Augen schossen zur Seite. Rayan drehte sich nicht sofort um, obwohl er wie das Pferd spürte, dass sie beobachtet wurden. Stattdessen nahm er sich einen Moment Zeit, um die Stute zu beruhigen, bevor er sich langsam umdrehte und ein Mädchen am Eingang des Stallhofes stehen sah, das ihn anstarrte. Die Sonne hinter ihr verbarg ihr Gesicht. Enttäuschung erfüllte ihn. Er hatte gehofft, die Gutsherrin zu sehen, die edle Lauren le Harivel. Aber er war schon eine Woche hier und hatte sie noch nicht zu Gesicht bekommen.

Er war gerade dabei, sich wieder seinen Pflichten zu widmen, als das Mädchen auf ihn zukam. Sie war klein und schlank, trug Jeans und ein Träger-Top, das blasse Schultern und einen deutlichen Mangel an Oberweite zeigte. Sein Blick blieb für einen Moment an der Korallenkette hängen, die sie trug. Sie weckte Erinnerungen an eine andere Korallenkette, an ein anderes Land und an die Liebe zu jemandem, die er damals nicht zu schätzen wusste.

Träge ließ er seinen Blick über ihr blondes, aber zu einem strengen, sehr langen Pferdeschwanz zusammengebundenes Haar wandern, bevor er ihr in die Augen sah.

Ihre Augen waren sehr blau, sehr wissend. Es waren eindeutig die Augen einer erwachsenen Frau, nicht die eines Mädchens. Er stand wie angewurzelt da. Sie war es tatsächlich. Und doch sah sie anders aus als auf den Fotos.

Als sie näher kam, sah er, dass sie ihr blasses Gesicht nicht geschminkt hatte. Auffallend war jedoch ihr Auftreten und ihre Autorität, die sich nur in ihren Augen widerspiegelte. Sie streckte ihm die Hand entgegen und stellte sich mit einer tiefen, heiseren Stimme vor, die im krassen Gegensatz zu ihrem unscheinbaren Äußeren stand.

„Hallo, ich glaube, wir sind uns noch nicht begegnet. Ich bin Lauren le Harivel."

Britische Milliardäre
Die Vertragsehe des Milliardärs
Der unmögliche CEO des Milliardärs
Das geheime Baby des Milliardärs

Italienische Romanze
Der perfekte Liebhaber des Italieners
Vom Italiener verführt
Der leidenschaftliche Italiener
Unbeabsichtigte Weihnachten

Die Mackenzies
Ein Ort Namens Heimat
Die Geheimnisse der Parata Bay
Flucht nach Shelter Springs
Was Sie in den Sternen sehen
Zweite Chance in Whisper Creek
Sommer im Lakehouse Café

Laternenbucht
Deines zu Geben
Deines zu Schätzen
Deines zu Hegen
Deines zu Halten
Deines für Immer
Deines zu lieben

Norfolk-Ritter - Mittelalterliche Romantik
Anspruch auf seine Frau
Die Verführung seiner Frau
Die Erweckung seiner Frau

Diana schreibt Liebesromane mit Geschichten, die einen zum Umblättern der Seiten anregen, und mit Figuren, die sich real anfühlen – seien es Scheichs, britische Milliardäre, mittelalterliche Ritter oder ganz normale Menschen, deren Leben normalerweise alles andere als gewöhnlich ist (zumindest in ihren Büchern!).

Sie lebt im wunderschönen Neuseeland, nördlich von Wellington, in einem kleinen Dorf am Meer. Sie ist eine begeisterte Menschenbeobachterin, hoffnungslose Romantikerin und Träumerin, die viel zu viel Zeit damit verbringt, aus dem Fenster zu schauen und sich Szenen vorzustellen, in denen Menschen mit dem Leben und ihren Gefühlen zu kämpfen haben, die aber immer ein Happy End haben. Denn ja, sie ist auch eine ewige Optimistin!

Mehr über sie erfahren Sie auf ihrer Website — dianafraser.com.